지금까지 잘해왔으니,
하고 싶은 대로 살아보겠습니다

지금까지 잘해왔으니

하고 싶은 대로 살아보겠습니다

성현규
(유튜버 감성대디)
지음

트러스트북스

내 인생에 대한
짧은 이야기

'그냥 하기'가 안겨준
삶의 다채로움

훗날 반드시 복수하겠어!

탕~ 탕~

작은 연녹색의 테니스공은 흰 벽에 부딪혀 튕겨나올 때마다 경쾌한 소리를 냈다. 그러나 현규의 마음은 우울하기만 했다. 전학 온 지 벌써 일주일이 지났는데도 이곳에서는 아직 친구를 한 명도 사귀지 못했기 때문이었다. 4학년 현규에게 유일한 친구는 며칠 전 아빠가 사준 테니스 공 하나가 전부였다. 운동장 구석에서 벽을 향해 힘껏 공을 던졌을 때 갑자기 고함이 들려왔다.

"야, 이 새끼야! 그 공 이리 내놔!"

현규는 얼결에 고개를 돌렸다. 6학년 아이들 네 명이 다가오고 있었다. 테니스부 학생들이었다.

"왜요?"

"왜요라니? 이 자식이, 우리 공 훔쳐간 주제에!"

현규는 공을 손에 잡아 꼭 쥐었다.

"이 공은 내 건데……."

"뭐라고? 이 짜식이, 너 혼나볼래?"

한 명이 현규의 손을 움켜쥐었다. 빼앗기지 않으려 하자 갑자기 주먹이 날아왔다. 현규는 쓰러졌고 공은 손에서 빠져나와 바닥으로 데구르르 굴러갔다. 다른 한 명이 그 공을 잡아들었다.

"그 공은 내 거란 말예요! 아빠가 사주셨어요!"

"이 짜식이 거짓말도 잘하네!"

쓰러진 현규의 배를 걷어찼다. 심한 고통이 몰려와 배를 움켜쥐었다. 이때다 싶었는지 네 명의 아이들은 현규를 마구 짓밟았다. 현규는 머리를 감싸쥐고 그들의 발길질을 그대로 맞아야 했다.

"한번만 더 까불면 그때는 진짜 너 죽는다."

6학년 아이들은 씩씩거리며 돌아갔다. 현규는 몸에 전해지는 고통보다, 공을 빼앗겼다는 분노보다 다른 아이들이 그 모습을 볼까봐 창피한 마음이 먼저 들었다. 차가운 시멘트 바닥에 한참을 앉아 있다가 벌떡 일어났다. 이대로 당할 수는 없었다. 테니스부를 찾아가자 코치가 현규를 내려다보았다.

"넌 누구냐? 여긴 왜 왔어?"

"저 형들이 제 테니스공을 빼앗아갔어요!"

"뭐라고? 이 자식이 정신 나갔네. 니가 공을 훔쳐가놓고는!"

"아니에요. 그 공은 제 꺼에요.'

짝-!

그 순간 날카로운 소리가 났다. 느닷없이 코치가 현규의 뺨을 내리친 것이었다. 현규는 비틀거렸다.

"너 몇 학년 몇 반이야? 처음 보는 얼굴인데, 어디 와서 헛소리하는 거야!"

현규는 눈물이 핑 돌았다. 6학년 아이들에게 맞은 것보다 더 분한 마음이 들었다. 코치는 거세게 소리쳤다.

"경찰 부르지 않는 걸 다행으로 알아, 이 도둑놈 새끼야! 내가 너 깜방에 처넣어줄까?"

폭행은 거기서 끝나지 않았다. 코치는 현규의 배를 발로 걷어찼다. 그 모습을 6학년 아이들이 고소한 듯 지켜보았다.

어린 현규는 배를 움켜쥐고 자신도 모르게 뒷걸음질쳤다.

'이렇게 맞다가는 죽을지도 몰라.'

공포심이 들었다. 아픈 배를 움켜쥐고 기어 나오듯 테니스부를 빠져나왔다. 볼에 눈물이 주르륵 흘러내렸다. 수돗가로 달려가 차가운 물로 얼굴을 연거푸 씻어냈다. 아픈 뺨과 배보다, 공을 빼앗겼다는 억울함보다, 코치가 자신의 말을 전혀 듣지 않고 폭력을 휘둘렀다는 분노보다 여전히 다른 아이들이 볼까봐, 그것이 더 두려웠다. 겨우 마음이 진정되자 점심시간이 끝나는 종이 울렸다.

고개를 푹 숙이고 책상에 슬그머니 앉는 현규를 바라보는 아이는 아무도 없었다. 차라리 다행이었다. 5교시는 국어 시간이었다.

"성현규, 53쪽부터 읽어봐."

현규는 국어책을 보고 있었으나 아무런 글자도 눈에 들어오지 않았고, 선생님의 말도 들리지 않았다. '도둑놈 새끼', '깜방' 이라는 단어들만 머릿속에서 맴돌 뿐이었다.

"성현규!"

선생님의 목소리가 올라갔다. 그제야 현규는 정신이 들었지만 대답이 나오지 않았다. 빨갛게 상기된 얼굴로 띄엄띄엄 글자를 읽었다.

"우우리나라의 보봄에…"

"너 이리 나왔!"

현규는 엉겁결에 책을 놓고 앞으로 나갔다. 선생님은 화가 잔뜩 난 얼굴로 소리 질렀다.

"선생님이 부르면 먼저 대답을 해야지! 이 새끼가 전학 오더니 개 기냐?"

갑자기 두꺼운 출석부로 현규의 얼굴을 후려쳤다. 순식간에 현규 는 칠판에 쾅, 부딪쳐 넘어졌다. 머리가 핑 돌았다. 코끝이 찡했다. 쓰 러져 앉아 있는 교실 바닥에 붉은 피 한 점이 뚝 떨어졌다. 코피는 주 르륵 흘러내렸다. 지금 상황이 현실인지 꿈속인지 구분되지 않았다.

선생님은 책상 위에서 휴지 한 장을 꺼내 던졌다. 현규는 휴지를 받아 콧속에 집어넣었다.

"들어가서 앉아. 다음에 또 개기면 그땐 더 혼난다."

현규는 가까스로 일어나 선생님에게 고개 숙여 인사했다. 비틀거 리며 자리로 돌아오는 현규를 아이들은 의아한 혹은 겁먹은 눈길로 바라보았다. 평생 잊을 수 없을 눈길이었다. 자리에 앉아 국어책을 바 라보며 마음속으로 굳게 결심했다.

'내가 어른이 되면 나를 때린 모든 사람에게 반드시 복수한다.'

이곳은 어디, 나는 누구?

"현규야, 네 작은아버지가 미국에 놀러오란다."

"정말요?"

현규는 미국이라는 말에 가슴이 요동쳤다. 예술고등학교에 진학한 이후 처음 느껴보는 격한 두근거림이었다. 자신이 아는 한 친구들 중에 미국에 갔다온 아이는 없었다.

"여름방학 때 미국에 가서 구경도 하고, 큰 나라를 직접 체험하고 오너라."

부천에 사는 도시촌놈 현규는 난생 처음 비행기를 타고 태평양을 건넜다. 17살의 고2 학생에게 미국이란 나라는 가늠하기 힘들었다. 거대 도시 뉴욕은 그 자체로 하나의 지구촌이었다. 책으로만 보았던 맨해튼은 소년의 가슴을 뛰게 했다.

"이곳 뉴욕에는 적어도 100개 넘는 나라의 국민들이 살고 있단다."

세련되고 높은 빌딩숲을 거닐면서 현규는 놀라움과 신기함을 느꼈다. 한편으로는 자신이 부끄러워졌다.

"예고에는 연예인으로 데뷔한 아이들도 있지? 걔네는 어때? 진짜 멋지고 예뻐?"

중학교 동창들은 현규를 만나면 몹시 부러워했다. 아이들이 가진 가장 큰 호기심은 연예인 학생의 실제 모습이었다. 그런 친구들 앞에서 현규는 가끔 우쭐거렸다. 그러나 뉴욕에서 자신은 그저 하찮은 존재일 뿐이었다. 다양한 인종들 속에서 현규는 의아심이 들었다.

'도대체 나는 누구지?'

'내가 아는 세상은 도대체 얼마나 큰 건가?'

하늘 끝까지 치솟은 우람한 빌딩을 바라보며 현규는 자신을 돌아볼 수밖에 없었다.

"아, 나는 정말 우물 안 개구리였구나."

한국으로 돌아오는 비행기 안에서 굳게 다짐했다.

"훗날 반드시 미국에서 살아야지."

그날 이후 현규는 전공인 사진을 열심히 공부했다. 아르바이트도 열심히 하고, 운동도 열심히 했다. 하지만 마음 한구석에는 여전히 응어리가 남아 있었다. 10살 때 당했던 폭력의 상처는 아물지 않은 채 현규를 불협화음 사내로 남게 만들었다. 누군가 비위에 거슬리는 말을 하면 곧바로 치고받았다.

"네가 뭔데 내게 이래라저래라 하는 거야?"

"네가 그렇게 잘났어?"

죽자사자 운동을 하는 이유도 덩치를 키워 사람들에게 무시 받지 않고 나아가 위압감을 주기 위해서였다. 그 결과 독불장군이 되었지만 오히려 좋았다. 하지만 자신을 속일 수는 없었다. 마음은 늘 가시밭길이었다.

"그 버스를 이제 보내세요"

'미국은 인종차별이 엄청 심하다던데 정말이구나.'

LA의 광고사진 스튜디오에 일자리를 얻은 현규는 불만이 가득했다. 고2 때 품었던 꿈을 27살에 이룰 수 있었으나 미국에 도착한 첫날, 공항에서부터 기분이 나빴다. 사람들은 불친절했고, 무례했다. '내가 동양인이라서 무시한다'고 생각했다. 외국인 모델들과 일할 때도 마찬가지였다. 어시스턴트인 자신을 깔본다고 넘겨짚었다.

어느 날 현규는 선(禪, ZEN) 수련장에 갔다. 그곳에는 백인, 아프리칸, 스패니시, 동양인, 인디오 등 여러 인종의 사람들이 모여 마음수행을 하고 있었다. 명상하고 있는 현규에게 일본 스님이 문득 물었다.

"당신의 눈빛은 아름답고 멋진데, 이상하게 화가 잔뜩 나 있네요. 과거에 어떤 일이 있었던 거죠?"

그 질문이 끝나기도 전에 눈물이 주르륵 흘러내렸다. 현규는 갑자기 말문이 터진 어린아이처럼 낯선 사람들에게 과거의 분노어린 이야기를 줄줄 쏟아냈다. 15년 동안 그 누구에게도 하지 못했던 끔찍한 기억을 모두 토로했다. 차가운 시멘트 바닥에 쓰러져 있었던 초등학교 4학년으로 돌아갔다. 고통이 치솟았으나 마음 한편에서 점차 퍼져가는 위로감이 그 고통을 시나브로 몰아냈다. 스님은 그윽한 미소를 지으며 말했다.

"고통이 당신을 붙잡고 있지 않습니다. 당신이 고통을 붙잡고 있네요. 그 고통의 기억은 버스와 같습니다. 이제 그 버스를 지나가도록 내버려두세요."

그날 이후 현규는 편안한 마음을 지닌 사람이 되었다. 사람들이 자신에게 함부로 대하고, 차별한다는 생각도 차츰 사라졌다. 지금까지 품었던 불만, 불평은 모두 허상에 불과했다. 낯선 사람들을 만나면 따뜻하게 응대했고, 주어진 모든 일에는 적극적으로 행동했다. 복수하겠다는 어리석은 마음은 눈 녹듯 사라졌으며, 위압적으로 보이기 위해 했던 운동도 건강을 위해서 한다는 마음으로 바뀌었다. 스튜디오

일이 끝나면 아르바이트로 여러 일을 동시에 했다.

미국은 철저한 자본주의 나라였다. 세계 어느 곳에서든 돈이 없으면 살아남을 수 없지만 미국은 특히 더 심했다. 식당에서 접시닦이도 하고, 바에서도 일하고, 밤에는 대리운전도 했다. 하루하루가 전쟁이었다.

"현규~ 너는 아르바이트를 왜 그렇게 많이 하는 거야?"

"안 그러면 살아남을 수가 없으니까."

그렇게 일하면서 사회를 배웠고, 많은 친구들을 사귀었다. 사진 실력도 인정받아 본업인 스튜디오에서의 일도 바빠졌다. 어느 날 카메라 셔터를 누르다가 불현듯 생각 하나가 피어올랐다.

'사진이라는 이 일을 계속해야 하나?'

회의감은 꼬리를 물고 이어졌다.

'이 일에 내 청춘을 모두 바쳐야 하나?'

'이 세상에는 사진보다 더 멋진 일이 있지 않을까?'

그런 회의감이 들자 더는 카메라를 잡기가 싫어졌다. 자신의 진짜 마음을 헤아리기 위해 산타모니카 해변으로 갔다. 많은 사람들이 하오의 햇빛을 받으며 즐거운 시간을 보내고 있었다. 그때 저 멀리에서 음악 소리가 들렸다. 현규는 낯선 음악에 끌려 소리가 나는 곳으로 갔다. DJ 한 명이 부스를 차려놓고 신나게 디제잉 공연을 하고 있었다. 사람들은 음악에 취해 노래를 부르고 맥주를 마셨다. 아무나 붙잡고 물었다.

"이거 무슨 음악이야?"

"하우스뮤직!"

음악을 해야겠다는 마음이 번개처럼 들었다. 이제 사진을 그만 찍겠다고 결심했다. 주위 사람들의 반응은 한결같았다.

"너 미쳤어?"

"……"

"사진을 그만두면 무슨 일을 하려고?"

"음악을 해보고 싶어."

"왜?"

"그냥… 그냥 한번 해보고 싶어."

현규는 '그냥'이라는 단어가 좋았다. 그냥에는 특별한 이유나 의미가 없었다.

그날 이후 매일 공연장을 찾았고, DJ들과 친해져 음악을 할 수 있는 루트를 알아냈다. 그러나 삶은 계획대로 되는 일은 거의 없었다. DJ크루팀에 들어가려 했지만 연이어 실패의 쓴맛을 보았다. 폐인이 되기 일보직전에 LA의 아바론 클럽에서 활동하는 DJ크루팀에 가까스로 합류했다. 낯선 음악을 배우는 일은 어려웠지만 현규는 예술적 재능이 있었기에 실력이 나날이 좋아졌다. DJ를 하면서 바텐더까지 겸하게 되자 하루에 팁으로 2000달러를 받는 날도 있었다. 사진을 할 때보다 더 재미있는 나날이었다. 친구들은 여전히 반대했고 이해하지 못했으나 현규는 후회가 들지 않았다. 사진 역시 '놓아 보내야 할 버스'였다.

'만약 내가 사진을 계속했다면 이 즐거움을 느끼지 못했겠지.'

그러나 2년이 지나자 현규는 한계를 느꼈다. 미국에서 유명 DJ가 되면 유명세는 말할 것도 없고 적지 않은 돈을 벌 수 있었다. 그야말로 '아메리칸 드림'을 이룰 수 있다. 하지만 예술은 어느 경지를 뛰어넘어야 했다. 현규는 자신에게 그런 능력이 없다는 것을 시간이 지날수록 깨달았다. 온 열정을 다해 2년 동안 음악을 했기 때문에 그 한계를 잘 알 수 있었다.

'음악 역시 놓아 보내야 할 버스구나.'

현규는 미련 없이 미국 생활을 청산하고 한국으로 돌아왔다. 31살이었다.

'이제 무얼 하지?'

뜻밖의 목수, 전쟁 같은 육아

"이달도 적자구나…."

있는 돈, 없는 돈을 모두 털어 작은 가게를 열었으나 적자의 연속이었다. 미국에서 겪은 다양한 체험이 가게 운영에 큰 도움이 되리라 생각했지만 한국은 미국과 달랐다.

"너는 연애도 안하고 살아? 여자 좀 만나고 그래. 일만 하지 말고."

간혹 만나는 친구들은 현규에게 여자친구가 없다는 사실을 의아해했다.

"지금 내 몸 하나 건사하기도 힘들다."

머릿속에는 여러 번민이 오락가락했다. 사진을 계속했더라면 지금쯤 번듯한 스튜디오 하나쯤은 차렸겠지만, 사진을 그만두고 음악을 하는 바람에 그 일은 당분간 어려워졌다. 지금으로서는 가게를 흑자로 반전시키는 일이 최우선이었다. 그런 현규에게 여자친구나 애인, 결혼은 사치에 불과했다. 독신주의자는 아니었으나 자발적 비혼주의자에 머물 수밖에 없었다.

"이번 크리스마스이브에 뭐해?"

"혼자 있지."

"친구들과 크리스마스 파티를 할 건데, 너도 저녁에 올래?"

"초대는 고마운데, 별로 놀 기분이 아니다."

전화를 끊고 현규는 소파에 누웠다. 2012년 12월 24일 저녁이었다. 머릿속이 복잡해졌다가 서서히 평온해졌다. 갑자기 벌떡 일어나 옷을 대충 입고 밖으로 나갔다. 귀신에 홀린 듯 파티 장소로 갔다. 그곳에는 예닐곱 명의 청춘 남녀가 모여 즐겁게 놀고 있었다.

"오 왔어? 안 온다면서."

"그냥……."

"잘 왔다. 인사들 해. 이 친구는 내 동갑 사촌이야."

그녀를 보는 순간 머릿속에서 번개가 번쩍, 쳤다. 3개월 후 현규는 그녀와 결혼했다. 결혼해야겠다는 마음은 굴뚝 같았지만 여러 걸림돌이 있었다. 현규는 사실대로 말했다.

"우리집 경제 상황은 그리 좋지 못하고, 나는 지금 가게를 운영하고 있지만 곧 접어야 하고, 모아놓은 돈도 없고… 앞으로 무엇을 해야 할지 뚜렷한 계획도 없는 상태야."

그런데도 그녀는 씩 웃었다.

"돈은 우리가 앞으로 함께 모으면 되지, 무슨 걱정이야."

신혼살림은 아내의 직장 근처에 있는 작은 원룸이었다. 현규는 가게를 팔고 새로운 일을 시작해 차츰 돈을 벌어나갔다. 아내는 직장에서 계속 승진해 8년 만에 작은 집을 샀다. 그리고 아들이 태어났다. 아이는 부부에게 준 하늘의 선물이자 인생 최대의 행복이었다. 그러나 현실은 만만치 않았다. 아이를 돌보기 위해 아내가 직장을 그만둘 수는 없었다. 현규는 가장으로서 일을 해야 한다는 책임감을 떨쳐낼 수 없었다. 한편으로는 도저히 할 수 없는 일을 해보고 싶은 욕구가 강렬하게 샘솟았다.

'목수를 해야겠다.'

"또 미쳤군."

뜻밖의 결정에 사람들은 전부 반대했다. 오직 아내만이 후원자가 되어주었다.

"하고 싶은 일이 있으면 지금 당장 해."

현규는 이번에도 '그냥' 목수일을 시작했다. 이곳저곳을 알아보느라 분주한 나날들을 보냈지만 오라는 곳은 당연히 없었다. 그런데 어느 날 한 곳에서 연락이 왔다.

"여기는 강원도 삼척인데 일하러 올 수 있어요?"

망설이지 않고 삼척으로 떠났다. 그리고 밑바닥부터 배워나갔다. 실력 있는 목수가 되고 싶은 마음은 간절했으나 집으로 돌아가고 싶은 마음이 더 컸다. 공사 현장에서 수십년 혹은 수년을 일해 온 베테랑 목수들은 현규에게 조언했다.

"당장 그만두고 다른 일을 찾아보는 게 어떨까? 넌 이 일에 재능이 없어 보이는데……."

그러나 물러서지 않았다. 현규를 처음 부른 목수는 그쪽에서 알아주는 베테랑 목수였다. 그는 현규를 오랫동안 지켜본 뒤 평가를 내렸다.

"내가 보기에 넌 슬로우스타터(slow starter) 같아. 빨리 배워 빨리 망가지는 사람이 아니라 천천히 배워 천천히 성공하는 사람."

2년 만에 받은 평가였다. 그만큼 불러주는 곳이 늘어났고 수입도 많아졌다. 이전에 했던 그 어떤 일보다도 큰 수익을 안겨주었다. 목수 일에 큰 행복을 느끼던 어느 날 아내가 전화를 걸어왔다.

"곧 둘째 태어나."

한편으로는 반갑고 한편으로는 엄청 무거운 소식이었다. 게다가 코로나19가 세상으로 퍼지고 있었다. 출산과 관계없이 일을 더 하고 싶어도 코로나19 때문에 모두가 흩어져야 했다. 현규는 홀가분한 마음으로 목수일을 접고 집으로 돌아왔다. 자전거를 한번 배우면 50년 후에도 탈 수 있듯 목수 기술은 언제든 다시 시작할 수 있었다. 그것이 기술의 장점이었다. 부부는 머리를 맞대고 토론에 들어갔다.

"출산휴가가 끝나면 나는 다시 직장으로 돌아가서 계속 일하고 싶어."

"그러면 아이는 누가 돌보지?"

긴 토론 끝에 현규가 가사와 육아를 맡기로 했다. 그 즉시 현규는 전쟁터로 내몰렸다. 두 아이를 기르는 일은 매일 매시간이 전쟁의 연속이었다. 밤과 낮의 구분이 사라졌고, 단 한순간도 마음을 놓을 수 없었다. 그러나 행복감과 아빠로서의 기쁨도 커져갔다. 매일 매시간 놀라움과 신기함의 연속이었다. 그러나 피곤도 커져갔고, 세상에서 잊혀진, 나아가 세상을 잊어버리고 사는 남자가 되어갔다. 입에서 나오는 말들은 단순하기 그지없었다.

응아, 맘마, 때찌, 에비, 쉬야. 자장자장……

한 살, 세 살 아이를 키우려면 한 살, 세 살이 되어야 했다. 기쁨 못지않게 퇴보되어 가고 있다는 느낌을 떨쳐낼 수 없었다. 어른의 언어로 성인들과 대화를 나누고 싶었다.

'무언가, 그 무언가, 아무것이나 '그냥 한번' 해보자.'

나는 '그냥 하기'의 힘을 믿는다

현규는 인터넷으로 5,000원짜리 스마트폰 삼각대, 15,000원짜리 핀마이크를 샀다. 영상편집 프로그램 '곰 믹스 프로'도 5,000원에 샀다. 모두 25,000원이 들었다. 거창한 목표 같은 건 없었다. 그저 무엇이든 해보고 싶었다. 아내가 퇴근하고 아이들과 놀다가 잠이 들었을 때 현규는 스마트폰과 장비 두 개를 가지고 1층 주차장에 있는 차 안으로 갔다. 조용했고, 다른 사람의 방해를 받을 일이 없었고, 피해를 줄 일도 없었다. 실내조명을 켜고, 스마트폰을 켜고 녹화를 시작했다. 드디어 세상을 향해 입을 열었다.

"안녕하세요. 두 아이를 키우는 전업주부 아빠, 감성대디입니다."

머릿속에, 가슴속에 가득 차 있는 이야기들을 두서없이 마구 늘어놓았다. 하고 싶은 말이 너무 많았다. 주제도 없고, 특별한 소재도 없고, 특이한 의미도 없었다.

'정말 운이 좋아서 누군가 나의 이야기를 들어준다면, 더 운이 좋아서 한 달에 20~30만 원이라도 벌면 아기들 분유도 사주고, 기저귀도 넉넉하게 살 수 있겠지.'

그 소박한 바람으로 현규는 유튜브를 시작했다. 들쭉날쭉한 그의 이야기는 세상 속으로 퍼져나갔다. 그의 유튜브는 화려하지도 않고, 특별하지도 않지만, 2년이 조금 지나 구독자가 20만 명을 넘어섰다. 너무 빠른 성장에 당황한 사람은 현규 자신이었다. 그의 이야기를 듣고 많은 사람들이 질문해왔다.

"남자친구와 헤어졌는데, 그 아픔을 어떻게 달래야 하나요?"

"아버지가 갑자기 돌아가셔서 마음의 상처가 큽니다."

"아이돌이 되고 싶은데 엄마 아빠가 반대해요. 어떻게 설득해야 하지요?"

현규는 만물박사도 아니었고, 척척박사도 아니었다. 해결사는 더더구나 아니었다. 그러나 그들의 아픔에 공감하고 자신의 경험과 체험을 바탕으로 실마리를 풀어갈 수 있는 방법을 들려주었다. 완벽한 해결책은 아니었으나 그들은 "고맙다"고 해주었다. 누구든 현재 눈

앞에 닥친 고민과 고통을 약화시킬 수 있다면 그것이 현규의 큰 기쁨이었다. 나아가 여러 곳에서 함께 일하자는 제안이 왔다. 이제 현규가 세상을 향해 "고맙습니다"라고 인사해야 할 차례이다.

깊은 밤, 아이들을 재우고 오늘도 현규는 카메라 앞에 선다. 변한 것은 촬영 장소가 차 안이 아닌 방 안이라는 점 하나였다. 여전히 화려하지도 않았고, 음악도 없었고, 특별하지도 않았다. 변하지 않은 것은 또 하나 있었다. 진솔한 조언이었다. "열심히 살아라", "착하게 살아라" 같은 말은 하지 않는다. 사연을 보내준 사람의 아픔에 공감하고 현명하면서도 현실적인 대처 방법을 들려준다. 그것이 사람들의 마음을 사로잡는다.

현규는 42년을 살면서 특이한 세상살이를 했다. 예고를 졸업했고, 사진을 배우는 사람이 드문 시절에 대학에서 사진을 전공했으며, 미국에서 사진작가로 활동했으며, 다양한 아르바이트를 쉬지 않고 이어갔다. 미친 듯 음악을 했고, 작은 사업도 했으며, 목수일도 했다. 육아는 그의 주요 경력 중 하나였다. 다양한 일을 했던 것만큼 현규의 인생은 다채로웠다. 성공도 있었지만 실패도 있었다. 그 다채로움을 바탕으로 현규는 세상과 소통한다. 사람들은 그에게 묻는다.

"어떻게 그렇게 다양한 일들을 할 수 있었나요?"

이 질문에는 이러한 뜻이 숨어 있다.

"나도 정말 해보고 싶은 일이 있었는데, 하지 못해서 속상해요."

질문에 대한 답은 간단하다.

"나는 그냥 한번 했어요. 하고 싶은 일이 있으면 망설이지 않고 그냥 했습니다."

대답은 쉽지만 막상 실천하기는 어렵다. 잘나가던 사진의 길을 그만두고 완전히 생소한 음악에 뛰어들려면 엄청난 용기가 필요하다. 그러나 현규는 용기와는 거리가 멀었다. 그냥 했다. 그 그냥이 그의 인생을 재미나고, 특이하게 만들어주었다. 되돌아보면 10살 소년이었을 때 현규는 엉뚱하고 끔찍한 폭행을 당했다.

'훗날 반드시 복수하겠다.'

이런 복수심은 자칫 그를 망칠 수 있었다. 그러나 그는 그 아픔을 극복하고 자신의 삶을 찾아갔다. 그 바탕에 있는 것은 '그냥 하기의 힘'이었다. 오늘도 현규는 그냥 하기의 힘으로 사람들에게 위안과 격려를 아끼지 않는다.

○ 이 짧은 이야기는 스크린소설 〈국제시장〉, 〈명량〉 등을 펴낸 소설가 김호경이 '감성대디'의 주인공 현규의 삶을 바탕으로 작성한 것입니다.

그냥 하면 됩니다

저는 서울에 살고 있는, 마흔둘의 평범한 아저씨입니다. 직업은 목수였고 아내와 함께 맞벌이를 하면서 아이를 키우던 평범한 아빠입니다. 어느 날, 지극히 평범했던 제 인생에 큰 변화가 일어납니다. 바로 우리 둘째 공주님, 시아의 탄생이지요. 저희 부부 둘 중 한 명은 일을 그만두고 육아에 전념해야 하는 시기가 온 겁니다.

아내는 출산 후에도 꼭 일하고 싶어 할 만큼 자기 일을 사랑하는 사람이어서 제가 목수 일을 잠시 접고 육아에 전념하는 전업주부가 되었습니다. 사랑하는 아이를 키우면서도 한편으로는 너무 불안했습니다. 저는 고등학교 때부터 마흔이 넘는 지금까지 한 번도 일이라는 것을 쉬어본 적이 없는 사람이었거든요. 물론 육아는 삶의 큰 기쁨이자 행복이지만 일을 쉬고 있는 동안은 정말 불안의 연속이었습니다.

세상 모든 일이 그렇겠지만, 목수라는 직업은 젊고 체력도 좋고 머리 회전도 빠른 후배들이 끊임없이 계속 나오는 분야입니다. 그래서 잠시라도 일을 쉰다는 것은 그만큼 경쟁자들보다 뒤처진다는 뜻입니다. 엎친 데 덮친 격으로 코로나19가 터지는 바람에 관련된 일들이 확연하게 줄어들어 경쟁이 더욱 치열해졌습니다. 실력 있고 끊임없이 발전하는 기술자들만 살아남는 구조가 되었기 때문에 불안은 더 커졌습니다. 아내의 직장도 교육 분야여서 코로나19의 영향을 많이 받아 수입은 계속 줄어들었습니다.

'내가 이러고 있을 때가 아닌데…'

'내가 아기 보는 동안 남들은 일선에서 뛰고 있는데…'

'내가 지금 집에서 뭐 하는 거지?'

마치 남들은 다 어깨에 포댓자루 메고 삽 들고 금괴가 묻혀 있는 앞산에 올라가 열심히 금을 캐고 있는데 나만 혼자 산 밑자락에 꽁꽁 묶여서 그 광경을 바라만 보는 심정이었습니다. 설상가상으로 육아 우울증이라는 무서운 놈까지 찾아와 더욱 힘들어졌습니다. 하루에 2~3시간밖에 못 자고 두 아이의 육아에 시달리고 집안일을 하느라 밖에도 거의 나가지 못하는 생활이 반복되다 보니 나도 모르는 사이에 정신적, 육체적 에너지는 바닥이 났습니다. 이렇게 살다가는 나 자신이 어떻게 되어버릴 것만 같아 매일 고민했습니다.

'이렇게 육아를 하면서도 할 수 있는 게 없을까?'

'아이를 돌보면서도 뭔가 의미 있는 일이 없을까?'

'요즘 같은 100세 시대에 언제까지 목수 일을 할 수 있을까? 다른 일도 찾아봐야 하지 않을까?'

고민하다가 머릿속에 번쩍 떠오른 영감이 있었습니다. 바로 '유튜브'였습니다.

'그래, 유튜브를 한번 해보자.'

그때만 해도 유튜브를 통해 돈을 벌거나 뭔가를 이뤄보려는 생각은 눈곱만큼도 없었습니다. 그저 너무 답답해서 뭐라도 해보고 싶어 그냥 시작했지요.

그중에서도 가장 큰 이유는 '누군가에게 말 좀 하고 싶어서'였습니다. 하루종일 아이들하고만 이야기를 나누니 희한하게도, 아니 어쩌면 자연스럽게도 제 언어능력까지 퇴보하는 느낌이었습니다. 매일 아이의 언어로만 이야기하다 보니 생각도 단순해지는 듯했습니다. 이제껏 살면서 뭔가 대단한 업적을 남긴 사람은 아니지만, 스스로 생각하는 제 장점 중 하나는 뭔가가 떠오르면 '망설이지 않고 바로 즉시 한다'입니다. 좋게 말하면 행동력 있고, 나쁘게 말하면 단순하고 생각이 많지 않은 건데 유튜브를 시작하는 데에도 오랜 고민이 필요하지 않았습니다.

'그냥 하자!'

말 그대로 유튜브를 '그냥' 시작했습니다. 영상 편집도 전혀 할 줄 몰랐고 유튜브에 대해 아는 것도 없었지만 무작정 시작했습니다. 인터넷으로 15,000원짜리 핀마이크를 하나 사고, 5,000원짜리 작은 삼각대와 스마트폰으로 촬영했습니다. 총 20,000원을 투자해서 아이들 다 재운 새벽에 차 안에 홀로 앉아 조명도 없이 찍었습니다. 제목은 '감성대디'라고 붙였습니다.

유튜브에서 수익을 얻으려면 구독자가 1,000명이 되어야 합니다.

1년 안에 그것을 이루고 싶은 마음이 굴뚝 같았는데, 정말 놀라운 일이 벌어졌습니다. 시작한 지 1년 만에 구독자 12만 명이 되었고, 2년 반이 조금 안 된 지금 20만 명이 넘는 분들과 함께하고 있습니다.

유튜브의 성장 덕분에 다양한 수입의 파이프라인이 생겼고, 몸이 10개라도 모자를 만큼 많은 일이 일어났습니다. 둘째가 태어나기 전에는 상상도 못했던 놀라운 일들이 계속되고 있습니다. 이제는 제가 먼저 아내에게 일을 그만두고 쉬라고 할 수 있을 정도가 되었습니다. 물론 아내도 자기 일에 열정이 있어서 그럴 생각은 전혀 없어 보입니다!

그중에서도 가장 놀라운 일은 책 출판 의뢰를 받은 것입니다. 지금 읽고 계시는 바로 이 책이죠. 저는 특별한 사람들만 책을 낸다고 생각했습니다. 특별한 기술, 특별한 학벌, 특별한 이력, 특별한 결실을 맺은 특별한 사람들 말이죠.

출판 제안을 받고 미팅하러 갔을 때 출판사 관계자에게 이런 이야기를 들었습니다.

"감성대디님의 유튜브 내용들은 정말 좋은 이야기들입니다. 많은 사람에게 위로가 되고 힘이 됩니다. 그래서 더 많은 독자들과 책으로 나누고 싶습니다."

자신 없던 저는 '충분히 책을 쓸 수 있는 분'이라는 이야기를 들었을 때 가슴이 뭉클했습니다. 사실 책을 내는 것은 제가 어렸을 때부터 원했던, 실현 불가능한 막연한 꿈이었거든요.

집필하고 있는 지금 이 순간에도 과연 이 책이 어느 정도의 결과를 낼지는 전혀 알지 못합니다. 하지만 제게 정말 중요한 것은 '내가 책을 쓰고 있는 이 순간'입니다. 지금 이 순간만큼은 정말 기적 같은 일이라 생각합니다. 책을 집필하는 그 자체로 이미 꿈을 이루었다고 생각하기 때문입니다. 그리고 이 책을 읽는 여러분도 아무것도 이룬 것 없는 저처럼 평범한 40대 아저씨도 책을 쓰는 모습을 보면서 조금이라도 삶의 용기를 얻는다면 기쁘겠습니다.

코로나 때문에 우리 삶은 송두리째 바뀌어 버렸습니다. 멀쩡하게 회사 잘 다니던 30~40대가 퇴사하게 되고, 스펙이 충분한 20대들이 취업하지 못하고 있으며, 목숨을 건 자기만의 소중한 공간에서 하루하루 전쟁을 치르던 자영업자들에게는 지옥 같은 나날이었습니다. 기존 사회의 패러다임마저 정신없이 바뀌고 있어 마치 2040~50년의 미래가 당장 눈앞으로 당겨진 것 같은 착각을 불러일으켰을 정도입니다.

이대로 가만히 있다가는 무서운 결말을 맞는 건 아닌가 하는 불안. 코로나19 사태가 장기화되면서 정신이 피폐해지고 우울과 불안이 급증하는 사람들이 늘어나고 있습니다. 희망보다는 절망이 더 크게 와닿는 시대가 되고 말았습니다. 일을 그만두고 육아를 하면서 제가 겪었던 심정과 비슷하다고 생각합니다.

이 책은 성공한 사람의 자기계발서가 아닙니다. 저는 누군가에게 조언하거나 가르침을 줄 만큼 업적을 이룬 사람이 결코 아닙니다. 그저 주변에서 흔히 볼 수 있는 평범한 아저씨의 이야기입니다. 40여 년 동안 다양한 경험들을 하면서 나름으로 보고 듣고 느끼고 분노한 이야기들을 편하게 접하면서 '아, 이 사람은 이런 상황에서 그런 걸 느꼈구나. 저런 상황에서 그렇게 행동했구나' 정도로만 이해해주기를 바랍니다. 그 이해심이 독자분들의 삶을 사는 데 있어서 조금이나마 위안이 되고 도움이 된다면 그것으로 만족합니다.

제게 수많은 사연을 보내주시고, 고민을 털어 놓아주시고, 함께 소통하고 서로를 위로한 유튜브 '감성대디' 채널 구독자들 덕분에 이 책이 완성될 수 있었습니다.

모든 분들께 깊이 감사드립니다.

2022년 5월, 코로나19의 끝자락에서
감성대디가 보냅니다.

1

도대체 나의 정체는 무엇일까

고등학생 때, 별생각 없이 다녀온 뉴욕 여행은 매우 값진 교훈을 제게 주었습니다. 한마디로 '나 자신을 알자'였지요. 소크라테스가 "너 자신을 알라"고 말했지요. 삶에서 마주하는 크고 작은 문제들을 풀어줄 수 있는 말이라 생각합니다. 좁은 세계에 갇혀 살며 혼자 잘난 줄로만 알았던 제가 뉴욕이라는 큰 세상을 경험하면서 제 존재를 다시 생각하게 되었듯이요. 제가 얼마나 작고 평범한 존재인지 정확하게 인식시켜준 이 여행은 인생을 사는 데 커다란 터닝포인트가 되었습니다.

첫 뉴욕 여행의 정신적인 충격
나만의 작은 세상이 여지없이 무너지다

살면서 한번쯤은 자신이 초라해지는 경험은 누구에게나 있을 것입니다. 제 경우는 고등학교 2학년 여름방학으로 거슬러 올라갑니다. 미국에 거주 중이던 작은아버지의 초대로 누나와 둘이 미국에 갈 기회가 생겼습니다. 처음 뉴욕 맨해튼에 발을 들였을 때 엄청난 충격을 받았습니다. 약간 과장을 보태자면 17년을 살면서 형성되었던 '나만의 작은 세상'이 무너지는 경험이었습니다.

제가 미국으로 향할 2004년에는 인터넷도 활성화되지 않았습니다. 외국 여행에 관한 정보를 얻으려면 책에 의존해야 했지요. 그렇다 보니 뉴욕에 대해 아는 사실이라고는 그저 세계에서 가장 큰 도시 중하나라는 점도였습니다. 부천에서 유년 시절을 보낸 도시촌놈인 제가 그전까지 경험했던 가장 큰 도심은 영등포역 부근이었습니다. '부천만이 내 세상'이라는 생각으로 작은 우물 안에 살던 한국의 고등학생이 뉴욕 맨해튼 거리에 도착하는 순간, 모든 세계관이 송두리째 무너져내리는 느낌이었습니다.

맨해튼 거리에는 높디높은 건물들이 골목마다 빼곡하게 들어서 있었습니다. 눈에 보이는 다양한 건물들이 여의도 63빌딩보다 높아 보였죠. 거리에서 마주치는 사람들은 세상에 존재하는 모든 인종을 모아둔 듯했습니다. 예쁘고 멋진 사람들이 트렌디하게 차려입고 대화하는 모습도 인상적이었습니다. 휘황찬란한 가게에 모여 앉아 여유롭게 식사와 커피를 즐기는 사람들이 모두 영화배우처럼 보였습니다. 그 순간 저는 태어나서 처음으로 이런 질문과 맞닥뜨립니다.

'도대체 나라는 존재는 무엇인가?'

뉴욕에 가기 전의 저는 근거 없는 자신감이 하늘을 찌르던 학생이었습니다. 일반 중학교에서 예술고등학교로의 진학이 그 계기였습니다. 중학교 친구들은 근처 고등학교로 진학했고 저만 홀로 스쿨버스를 타고 다른 지역으로 통학했습니다. 친구들은 그런 저를 부러워했고, 스스로도 특별한 기분이었습니다.

심지어 친구들은 제게 환상을 품었습니다. 오랜만에 중학교 친구들을 만나면 다들 제게 예고 생활에 대해 물었습니다. 어떤 아이들과 친한지, 연예인으로 활동하는 학생들은 실제 모습이 어떤지 궁금해했습니다. 그때도 키가 훌쩍 자라고 운동도 많이 했던 저는 세상에 무서운 게 없었습니다. 그야말로 제 잘났다는 심각한 착각에 사로잡힌 평범한 고등학생이었습니다. 하지만 뉴욕 한복판에 서 있는 나 자신은 보잘것없는 작은 먼지에 불과했습니다.

맨해튼 거리에서 생각했습니다.

'내가 몰랐던, 거대한 뉴욕이라는 도시가 이렇게 버젓이 존재하는데, 여기 말고도 세상에는 얼마나 많은 도시가 있을까?'

이는 꼬리를 물고 결국 '나는 누구인가?'로 이어졌습니다. 하지만 충격에 휩싸여 있기만 하진 않았습니다. 그때 저는 한 가지 다짐을 했습니다.

'나중에 무조건 미국에 다시 와서 살아보겠다!'

어떤 구체적인 꿈과 계획이 있었던 것은 아닙니다. 그저 커다란 세상에 도전하는 마음으로 품은 결심이었습니다.

짧은 뉴욕 여행을 마치고 대한민국 경기도 부천으로 다시 돌아왔어도 머릿속은 여전히 어지러웠습니다. 이 세상이 얼마나 큰지, 나는 얼마나 작은지, 나라는 사람은 누구인지에 대한 질문이 멈추질 않았습니다. 그러면서 그동안 제가 가졌던 작은 고민과 걱정을 다시 바라보게 되었습니다. 부천이라는 작은 도시에서 태어나 쭉 살면서 겪었던 걱정과 고민을 돌아보았습니다.

세상은 그렇게나 넓고 다양한 사람들이 있는데 나라는 놈은 이 좁디좁은 세계가 전부인 양 잘난 척하고 다녔으니 얼마나 부끄러웠겠습니까. 제가 무서워하던 동네 형들, 대단하게만 보였던 선생님들마저도 그 존재감이 작아졌습니다.

이러한 제 경험을 잘 보여주는 애니메이션이 있습니다. 〈벅스라이프〉입니다. 개미를 비롯한 곤충들이 등장해서 메뚜기와 선생도 빌이며 살아가는 내용을 담고 있지요. 특히 마지막 장면은 정말 인상 깊었습니다. 주인공 개미는 동료 개미에게 이렇게 말합니다.

"혹시 이 세상에는 우리가 모르는 어떤 다른 세계가 있을지도 몰라."

이 마지막 대사와 함께 카메라는 주변 배경을 넓은 각도로 비추기 시작합니다. 개미들은 점차 줌아웃(zoom out) 되고 넓은 배경이 화면에 담깁니다. 결국 저 멀리 뉴욕 맨해튼까지 보여주면서 영화는 끝납니다.

개미와 곤충의 세계를 가까이서 바라보다가 저 멀리서 바라보면 아주 작은 웅덩이 세상에 불과할 테죠. 개미들은 그 웅덩이를 세상 전부라 여기며 살아가고요. 제 모습과 똑 닮아 있었습니다.

별생각 없이 다녀온 뉴욕 여행은 매우 값진 교훈을 제게 주었습니다. 한마디로 '나 자신을 알자'였지요. 소크라테스가 "너 자신을 알라"고 말했지요. 삶에서 마주하는 크고 작은 문제들을 풀어줄 수 있는 말이라 생각합니다. 좁은 세계에 갇혀 살며 혼자 잘난 줄로만 알았던 제가 뉴욕이라는 큰 세상을 경험하면서 제 존재를 다시 생각하게 되었듯이요. 제가 얼마나 작고 평범한 존재인지 정확하게 인식시켜준 이 여행은 인생을 사는 데 커다란 터닝포인트가 되었습니다.

"혹시 이 세상에는 우리가 모르는 어떤 다른 세계가 있을지도 몰라."

알고보면 사람들은 똑같은 문제로 고민한다
나 자신이 누구인지 모르기 때문이다

제 유튜브 〈감성대디〉 채널의 주된 콘텐츠는 댓글로 남겨주신 구독
자분들의 고민 상담 내용입니다. 최근까지 고민 상담 영상을 000개
가까이 만들었고, 이메일과 인스타그램 DM 질문에 드린 답변까지
포함하면 000여 건 정도 됩니다. 제가 심리학이나 상담학 전공자가
아닌지라 조언을 드릴 때는 늘 조심스럽습니다. 그런데도 많은 고민
을 받으면 보이지 않던 것이 보입니다. 생각보다 많은 사람들이 솔직
하고 상세하게 자신의 고민을 털어놓는데, 들어보면 대체로 그 이유
는 이렇게 정리할 수 있습니다.

'나 자신이 어떤 사람인지를 내가 모른다.'

개개인의 고민 하나하나는 분명 다릅니다. 고민의 무게도 차이가
있고요. 모두 다른 상황에 처해 있으니 당연한 일입니다.

"이 늦은 나이에 그 일을 도전해 봐도 될까요?"

"제 전공은 A인데, B분야로 나아가도 괜찮을까요?"

"이 사람을 계속 만나야 할까요?"

"이 사람과 결혼해도 될까요?"

"제가 어떤 일을 하고 싶은지 모르겠어요."

"남자친구 때문에 너무 힘들어요."

그렇지만 이처럼 다양한 고민을 관통하는 공통점은 분명히 존재합니다. 수많은 고민과 내적 갈등이 발생하는 근본적인 이유는, 자신이 어떤 사람인지 정체성 확립이 안 되어 있기 때문입니다. 나 자신이 누구인지 스스로 확실히 알아야 하는데 그렇지 못하다 보니 생면부지의 저에게까지 도움을 청하게 됩니다. 하지만 역설적이게도 상담하다 보면 본인이 이미 해답을 알고 있는 경우가 많습니다. 답은 알지만 확신이 없어서 제3자인 저의 입을 통해 그 확신을 확인받고 싶어 고민을 나누려 했겠지요.

사람은 살아가면서 끝없는 선택을 해야 합니다. 인문계를 갈지 실업계를 갈지, 혹은 저 사람과 더 만날지 그만둘지, 하고 싶은 일을 할지 잘하는 일을 할지……. 이 모든 선택의 순간에서 확신이 서지 않는 이유는 딱 한 가지라고 생각합니다. 자신이 어떤 사람인지 본인조차 잘 모르기 때문입니다. 즉 자기 자신에 대한 정체성이 확고하지 않아서 이런 고민이 찾아오고 갈등이 빚어지는 것입니다.

수많은 고민과 내적 갈등이 발생하는 근본적 이유는,
자신이 어떤 사람인지 정체성 확립이 안 되어 있기 때문입니다.

어른이 봐야 하는 〈라이온 킹〉
왕의 자리로 돌아가기 위해서는 무엇이 필요할까?

두 아이의 아빠인 저는 집에서 아이들과 애니메이션을 많이 보는 편입니다. 첫째 아들 준호는 특히 〈라이온 킹〉을 정말 좋아해서 5살 무렵부터 10번은 넘게 본 것 같습니다. 제 어린 시절의 기억 속 〈라이온 킹〉은 권선징악(勸善懲惡)의 빤한 내용을 담은 애니메이션이었는데, 나이를 먹고 다시 보니까 완전히 새로웠습니다. 〈라이온 킹〉이 준 교훈은 이것입니다.

'너 자신이 누군지 잊지 마라.'

주인공인 아기 사자 심바는 스카 삼촌의 음모로 아버지를 잃습니다. 초원의 왕이었던 아버지 무파사가 죽고 나서 심바는 초원에서 쫓겨나지요. 심바는 친구가 된 티몬(미어캣)과 품바(흑멧돼지)와 함께 자라면서 자신이 사자라는 사실을 잊고 살아갑니다. 식성과 습관도 다 바뀌고, 무엇보다도 사자라는 정체성마저 잊은 '초원의 왕'은 숲속 동물들과 동화되어 살아갑니다. 훗날 심바는 스카와 하이에나 무리 떼가 자신이 살던 초원을 무참히 파괴했다는 사실을 알게 됩니다. 그 소식에 괴로워하면서도 '나는 이제 더 이상 사자가 아니야'라며 애써 현실을 외면합니다.

그러던 어느 날, 자신의 본모습을 잊고 지내던 심바는 물웅덩이를 들여다봅니다. 앳된 모습이 사라진 자신의 얼굴에서 아버지 무파사의 모습을 발견하지요. 수면 위로 떠오른 아버지의 형상이 심바에게 말합니다.

"심바, 너는 나를 잊었구나."

"네가 너 자신을 잊었다는 건, 곧 아버지인 나를 잊었다는 뜻이다."

"너 자신이 누구인지 잊지 마라."

아버지의 환영은 심바를 일깨워줍니다. 그가 숲에 사는 많은 동물과는 다른 존재라는 사실을. 심바는 자신이 초원을 이끌어야 하는 초원의 왕임을 자각합니다. 자기가 누군지 깨달은 심바는 폐허가 된 고향으로 돌아와 스카와 하이에나 무리를 물리치고 왕의 자리를 되찾습니다.

〈라이온 킹〉에서 보듯, 가장 불행한 시기는 자신의 본모습을 잊은 채로 살 때가 아닐까요. 10대와 20대는 진로를 고민합니다. 30~40대는 이상과 현실 사이에서 고민하고, 50~60대는 은퇴 시기와 이후 거취를 고민합니다. 이렇게 시기마다 고민은 다르지만 대체로는 현실에 순응하며 살아가지요.

누구나 자기 사신이 어떤 사람인지, 무엇을 원하고 무엇을 하길 바라는지 안다고 생각합니다. 하지만 현실 때문에, 주변의 눈치 때문에,

가족 때문에, 확신이 없어서 현실에 안주하며 사는 사람이 많습니다. 저도 그랬고, 대부분의 사람들이 그렇습니다.

목수로 일할 때 저는 잊지 못할 사람을 만났습니다. 인테리어 현장에는 여러 공정을 담당하는 기술자들이 모입니다. 저처럼 공간의 전체 기틀을 잡는 목수가 있고, 그 기틀 위에 전선을 연결하는 전기공, 타일을 까는 타일공, 페인트를 칠하는 페인트공, 필름을 붙이는 필름 기술자, 배관을 설비하는 배관공에 이르기까지 무척 다양한 기술자들이 있습니다. 이들 중 가장 험한 일을 하는 분들이 설비 관련인 배관공입니다.

제가 만난 배관공들은 대체로 성격이 거칠었는데, 어느 날 독특한 배관공 한 분을 만났습니다. 50대 초반으로 보이는 그분은 항상 묵묵하게 자기 일만 하셨고 점심시간이 되면 조용히 구석에 기대 책을 읽었습니다. 그때가 되면 으레 막걸리 한 잔씩 걸치는 다른 사람들과는 대조적으로 보였습니다.

가끔 제가 말을 걸면 늘 깍듯한 태도로 대화를 이어가셨습니다. 호기심에 이끌려 다른 배관공들에게 그분에 대해 물었는데 돌아온 답변이 신선했습니다. 프랑스 파리에 있는 대학에서 건축학을 전공하고, 한국에 돌아와 건축 사무소를 크게 차렸다고 합니다. 사업은 번창했지만 무리하게 확장하다가 한순간에 무일푼이 되었답니다. 그 여파로 한동안 노숙자 생활까지 하다가 이혼하고 몇 년 전부터 다시 착실하게 일하기 시작했다고 합니다.

이야기를 듣고 나니 그분에게 더욱 호감이 들었습니다. 그래서 공사 일정인 한 달 동안 쉬는 시간마다 붙어 다니면서 크고 작은 질문을 던졌습니다. 프랑스에서의 경험, 건축학 이야기, 한국에서 한 사업 등등. 그분은 앞으로의 계획도 들려주셨습니다. 지금은 고시원에서 지내지만 일하면서 돈을 모으고, 쉬는 날엔 틈틈이 3D로 건축 도면을 공부한다고요. 빨리 재기에 성공해 그 모습을 가족에게 보여주고 싶다는 말씀도 덧붙이셨죠. 그 눈빛에는 비장함과 소년의 순수함이 공존해 있었습니다.

전도유망한 건축학도였지만 한순간의 사업 실패로 모든 것을 잃은 배관공의 이야기. 누군가는 실패한 인생이라 말할 수도 있겠지만, 정작 그분은 어려운 상황에서도 자신이 누구인지 잊지 않고 있었습니다. 건축학도라는 정체성을 놓지 않고 지켜낸 것이죠. 그분을 만난 지 7년이 넘었지만 자신의 정체성을 지니고 사는 사람은 어떤 모습인지, 참으로 생동감 있게 기억납니다. 아마 지금쯤은 보란 듯 재기에 성공하고 가족들 앞에 당당히 서 계시지 않을까요.

대부분의 사람들은 현실 때문에, 주변의 눈치 때문에, 가족 때문에, 확신이 없어서 현실에 안주하며 살아가는 것 아닐까요?

2

내면의 상처를 극복하는 방법

과거의 상처를 극복하는 데 가장 중요한 것은 '알아차림'입니다. 부정적인 경험과 감정을 외면하지 말고 인지하라는 말이지요. 그것이 내게 왔음을 깨닫고 또한 그대로 보내줄 수 있어야 합니다. 이 부정적인 감정을 피하지 말고 있는 그대로 인식하고 받아들이는 것이 제일 중요합니다.

평생을 괴롭혀온 끔찍한 기억 한 조각
나중에 복수해야겠다?

30대 초반 직장인의 고민 사연을 받은 적이 있습니다. 사회생활을 하면서 표면적으로 인간관계에 큰 문제는 없지만 어린 시절의 트라우마로 인해 내면의 고통이 불쑥불쑥 찾아온다는 내용이었죠. 서울에서 부산으로 전학간 뒤 겪었던 집단 괴롭힘의 상처가 가시지 않았답니다. 정신과 진료를 받고 약물치료도 병행했지만 상태는 호전되지 않았고 예전 기억은 끊임없이 따라다니며 그를 괴롭혔습니다.

이러한 사연을 접하면 어린 시절 겪었던 고통스러운 경험이 생생하게 떠오릅니다. 저는 초등학교 때 두 번의 전학을 경험했습니다. 어린 시절 전학을 하면 낯선 아이들과 환경으로 인해 혼란을 겪을 수 있습니다. 적응하는 데 시간이 필요하니까요.

4학년 때 부천의 S초등학교로 전학한 저도 그랬습니다. 처음에는 친구들이 없어서 점심시간마다 혼자 학교 안을 배회했습니다. 다른 아이들은 모두 어울려 놀고 있는데 저만 혼자 시간을 보냈습니다. 아버지가 사준 테니스공을 벽에 대고 튕겨대며 어슬렁거리는 일이 그 시간 제 유일한 놀이였죠.

그렇게 새로 전학 간 학교에 적응하지 못한 채 테니스공을 갖고 놀던 어느 날이었습니다. 저 멀리서 테니스부 형들 4명이 위협적인 모습으로 다가오더니 제게 다짜고짜 욕을 퍼부으며 이렇게 말했습니다.

"야 이 새끼야. 너, 우리 공 훔쳐갔지?"

당황했지만 아니라고 짧게 대답하고 계속 공을 튀기면서 놀려고 하는데, 그중 한 명이 제 공을 낚아채듯 빼앗아 갔습니다. 깜짝 놀란 저는 항의했지만 돌아온 것은 그들의 욕뿐이었습니다. 욕에서 그치지 않았습니다. 한 명이 제 머리를 세게 내리치더니 협박까지 했습니다.

"한 번만 더 테니스공 훔쳐가면 죽을 줄 알아!"

도둑으로 몰렸다는 억울함과 아버지의 소중한 선물을 빼앗겼다는 사실에 너무 화가 났습니다. 곧바로 공을 돌려달라고 고래고래 소리쳤습니다. 그러자 그들은 단체로 달려들어 제 얼굴에 주먹을 날렸고 저를 넘어뜨리고 발로 짓밟았습니다. 피할 새도 없이 무기력하게 집단 폭행을 당한 것입니다.

한참을 때리고 나서야 그들은 낄낄거리며 돌아갔습니다. 저는 차가운 시멘트 바닥에 내동댕이쳐졌습니다. 차가운 바닥의 온도가 뺨으로 느껴졌습니다. 비참한 마음에 10분 넘도록 구석에 쪼그려 앉아 있었는데 그 와중에도 얻어맞은 게 창피했습니다. 이런 모습을 다른 사람에게 들키지 않으려 돌아앉아 있었습니다.

너무 억울했습니다. 아프기도 하고 화가 났습니다. 무엇보다도 아버지가 사준 공을 빼앗겨서 너무 분했습니다. 그래서 테니스부 감독 선생님을 찾아가기로 했습니다. 테니스부 선배들이 저를 때렸다고 말하면 공을 돌려주고 그들을 혼내주리라 생각했지요. 그렇게 찾아가 자초지종을 설명했는데, 감독의 반응은 제 예상을 완전히 빗나가고 말았습니다.

그는 갑자기 제 머리채를 붙잡더니 땅바닥에 내동댕이쳤습니다. 정신을 차릴 새도 없이 발로 제 가슴을 짓밟으면서 저를 죽일 듯 노려보며 말했습니다.

"이 도둑놈 새끼가! 내가 너 감방에 처넣어줄까, 이 새끼야?"

폭행은 거기서 끝나지 않았습니다. 곧이어 제 배를 발로 두 번 걸어차고선 당장 꺼지라고 소리쳤습니다. 난생 처음 겪은 끔찍한 폭력과 폭언이었습니다. 어린 마음에 이렇게 맞다가는 죽을 수도 있겠다는 공포가 엄습했습니다. 말 그대로 살기 위해서 아픈 배를 움켜쥐고 기어 나오듯 테니스부를 빠져나왔습니다. 수돗가로 달려간 저는 누가 볼까 두려워서 한참을 세수하며 엉엉 울었습니다. 겨우 진정되니 마침 점심시간이 끝났고 저는 만신창이 상태로 교실로 향했습니다.

어린 나이에 그런 끔찍한 일을 연달아 겪은 저는 제정신이 아니었습니다. 수업이 시작되었고 멍한 상태로 앉아 있었습니다. 그런데 하필 선생님이 제게 책을 읽으라고 했습니다. 평상시였다면 대답도 잘하고 또박또박 읽었겠지만 그때 상태로는 어려웠습니다. 대답도 하는 둥 마는 둥 했고 책도 제대로 읽지 못했습니다. 그러자 선생님은 앞으로 나오라고 소리를 질렀습니다. 제 처참한 상태는 아랑곳하지 않던 선생님은 마구 야단을 쳤습니다.

"이 새끼가, 전학 오더니 개기냐?"

갑자기 두꺼운 출석부로 있는 힘껏 제 얼굴을 가격했습니다. 출석부에 맞은 저는 거의 날아가다시피 칠판에 부딪혀 넘어졌습니다. 코피가 흐르는 걸 느낄 수 있었습니다.

전혀 예상치 못한 상황이 연달아 일어나면 어떤 감정을 느껴야 하는지조차 모르게 됩니다. 마치 사우나 열탕에 오래 있다 나올 때 머리가 핑 도는 듯한 어지러움을 느꼈습니다. 이 상황이 현실인지 아닌지조차 분간되지 않더라고요. 코피를 쏟으며 그대로 주저앉아 바닥만 쳐다보았습니다. 이상하게도 눈물조차 나오지 않았어요.

휴지로 코를 막고 가서 앉으라는 지시에 따라 터벅터벅 제자리로 돌아갔습니다. 만신창이가 된 제 모습을 바라보던 친구들의 표정이 수십 년 지난 지금까지도 여전히 생생하게 기억납니다. 불과 한 시간 동안 무차별적 폭행을 세 번이나 당했습니다. 말할 수 없을 정도로 끔찍한 일이었으나 부모님께 제가 당한 일을 말씀드리지 못했습니다. "감방 가고 싶냐!"던 테니스부 감독의 협박이 계속 머릿속에서 맴돌았습니다. 어린 마음에 겁에 잔뜩 질려 부모님께조차 사실을 말하지 못했습니다.

그날의 수업을 모두 마치고 집으로 돌아가는 길에 저는 철없는 다짐을 합니다.

'나중에 커서 나를 괴롭힌 사람들에게 복수해야겠다.'

아무 잘못도 하지 않았는데 얻어맞고 치욕을 느낀 10살짜리의 다짐이었죠. 이 처참한 경험은 제게 커다란 후유증을 남겼습니다. 성인이 되어서도 꽤 오랜 기간 고치지 못한, 고개를 좌우로 흔드는 틱 장애가 이때 발생한 것입니다.

'나중에 커서 나를 괴롭힌 사람들에게 꼭 복수해야겠다!'

점점 심해지는 후유증과 공격성
원망과 자책은 누구에게 아픔을 줄까

그날 이후로 제 성격은 완전히 변했습니다. 전학 전에는 밝고 활달했던 저는 신경질적이고 공격적인 사람이 되었습니다. 바뀐 성격 탓에 새 학교에서 친구들을 사귀는 데 한참이나 걸렸습니다. 이러한 저를 바라보는 시선들이 고울 리 없었습니다. 같은 반 친구들에게도 제 이미지는 부정적이었고 6학년이 될 때까지 몇몇 친구들을 제외하고는 마음의 문을 닫고 지냈습니다.

중학교에 진학해서는 상황이 전보다 나아졌습니다. 명랑했던 성격도 일부 되찾았고 덕분에 친구도 늘었습니다. 긍정적 변화가 있었지만 이전의 트라우마까지 전부 사라지지는 않았습니다. 제 안의 복수심과 분노는 여전히 식을 줄 몰랐습니다. 지금 생각하면 섬뜩할 정도로 말이죠. 빨리 덩치를 키우고 힘도 세져야 한다고 생각했습니다. 그래야 테니스부 형들과 감독에게 복수할 수 있을 테니까요. 상처 입은 어린 마음에 참으로 몹쓸 생각을 했지요.

그런 생각에 사로잡혀서인지 저는 운동에 강한 집착을 보였습니다. 농구를 하면 키가 큰다는 말에 매일 농구를 했고, 검도를 배우기 시작했으며 헬스장도 등록했습니다. 그런 일을 겪은 이유는 제 작은 체구 때문이라고 생각했거든요.

시간이 많이 흐른 뒤에 정신과 의사와 상담한 적이 있습니다. 의사는 제 태도를 콤플렉스와 트라우마가 결합한 독특한 케이스라고 진단하더군요. 고등학교에 가서도 굳어진 제 태도는 쉽게 달라지지 않았습니다. 선생님들, 아르바이트하는 가게의 사장, 헬스장에서 운동하는 아저씨, 누가 됐든 저를 조금이라도 무시하는 듯 보이면 공격적으로 변했습니다. 소리 지르고 덤벼들기 일쑤였죠. 저는 쉽게 화내는 사람이었고, 분노 조절도 번번이 실패했습니다.

성인이 되면서부터는 물리적 폭력을 사용하는 일은 현저히 줄어들었습니다. 하지만 여전히 누군가가 나를 함부로 대한다는 느낌을 받으면 여지없이 마찰을 일으켰습니다. 군 생활을 하고, 일하러 미국에 갔을 때도 상태는 별로 나아지지 않았습니다. 사람들과의 크고 작은 충돌은 예삿일이었습니다.

화를 폭발시키고 나면 제 마음은 후련했을까요? 아뇨, 그렇기는커녕 극심한 두통에 시달렸고, 알 수 없는 자괴감에 자신을 비난하는 마음만 더 커져갔습니다.

어린 시절을 더듬어보면 제 천성은 공격적인 성향과는 거리가 한참 멀었습니다. 집에서 조용히 혼자 놀기를 좋아하고, 소수의 친구들과 시답잖은 장난을 치면서 지내는 여린 아이였습니다. 그러다 몇 가지 사건을 계기로 '나를 스스로 지켜야 한다' 마음먹었으며 이로 인해 비뚤어진 공격성을 갖게 되었지요.

저는 20대 중반이 다 되도록 폭행당하는 악몽을 꾸었습니다. 그때 왜 그렇게 무기력하게 당하기만 했을까, 스스로에 대한 원망과 자책감도 나날이 더해갔습니다. 평소에는 사람들과 잘 지내다가도 무언가 욱하는 일이 생기면 예전의 분노가 다시 치솟아나는 기분을 자주 느꼈습니다. 태생적으로 온순한 제가 몇몇 사건으로 성격이 변했고 그로 인한 내면의 충돌은 끊이지 않았습니다.

제 안의 복수심과 분노는 여전히 식을 줄 몰랐습니다.

우연히 만난 일본 스님의 단순한 질문들
고통을 붙잡고 있는 사람은 나 자신

시간이 흘러 27살 때, 저는 LA에 머물고 있었습니다. 그 시절 미국에서는 '젠(ZEN)'이 유행이었습니다. 미국에 있는 불교 사찰을 젠이라고도 했는데, 불교의 가르침을 받아 명상을 하는 곳이었죠. 영화배우 리처드 기어나 농구선수 마이클 조던 같은 유명인들이 참여하면서 젠은 더욱 널리 알려졌습니다. 저는 가톨릭 신자였지만 불교 관련 책들을 꽤 읽던 터라 자연스레 젠에 관심이 갔습니다.

그러던 어느 날 LA 리틀도쿄에 있는 젠 센터에서 마음을 치유하는 프로그램에 참여했습니다. 그리 진지한 마음은 아니었고 가볍게 젠을 경험해 볼 생각이었죠. 백인 할아버지, 흑인 아주머니, 멕시코 아저씨 등 다양한 국적과 배경을 가진 10여 명이 한 팀으로 모여 있었습니다. 다들 승려복으로 갈아입고 한 방에 빙 둘러앉았습니다.

모든 준비가 끝났을 때 일본인 스님 한 분이 들어왔습니다. 강함과 부드러움이 절묘하게 섞인 인상이 묘했습니다. 스님은 참가자들에게

자기소개를 시켰고 진행을 이어갔습니다. 드디어 제 앞으로 오신 스
님은 서툰 영어로 물었습니다.

스님 Where a u from?(어디서 오셨죠?)

나 I'm from south Korea.(한국에서 왔습니다.)

그러고 나서 빤히 저를 바라보더니 또 묻습니다.

스님 What's your name?(이름이 무엇입니까?)

나 Dennis Sung.(데니스 성입니다.)

그러자 고개를 젓더니 다시 질문했어요.

스님 No no no that's your body's name… what's your real
name?(아니, 아니에요. 그건 당신 육신의 이름이죠. 진짜 이름이 무엇입
니까?)

저는 질문을 이해할 수 없었습니다. 그래서 한국말로 다시 대답
했죠.

나 현규성

스님 No no no, that's your korea's name. what's your real name?(아니, 그것도 아니에요. 그건 당신의 한국 이름이죠. 진짜 이름이

무엇인가요?)

도대체 어떻게 답변해야 할지 몰라 머뭇거렸습니다. 스님은 아주
인자하게 웃으며 덧붙였습니다.

스님 I'll ask you another question. 'who are you?'
"제가 다른 질문을 드리고 싶네요. 당신은 누구인가요?"

역시나 당황스러웠습니다. 뭐라 대답할지 몰라 아무 말도 못하고
가만히 있었습니다. 그러더니 이번에는 제 눈을 빤히 보며 말했습
니다.

스님 Your eyes are so beautiful and handsome but you are too
angry. what happened to u in the past?(당신의 눈빛은 아름답고
멋져요. 그런데 화가 잔뜩 났네요. 예전에 어떤 일이 있었던 거죠?)

이 질문을 듣기 전까지는 스님이 도대체 뭘 묻는지 이해하지 못했
습니다. 그저 당황스러울 뿐이었죠. 그러다가 마지막 질문을 받고는
무언가 판단할 새도 없이 눈물이 쏟아지기 시작했습니다. 어린 시절
당했던 폭행에 대해서는 살면서 누구에게도 이야기한 적이 없기 때문
이었습니다. 너무 고통스러운 기억이라 평생에 걸쳐 의도적으로 외면

하고 눌러왔던 기억을 스님이 콕 짚어낸 겁니다. 억눌렸던 감정과 고통스러운 기억이 와르르 쏟아졌습니다. 함께 있던 사람들은 놀랐지만, 스님은 다 안다는 얼굴로 제게 어떤 일이 있었는지 물었습니다.

그렇게 고통으로 남아있던 어린 시절의 경험은 15년 만에 제 입을 통해 밖으로 나올 수 있었습니다. 어린 시절의 상처를 직접 말한 것은 그때가 처음이었습니다. 그 이야기를 하는 동안 제 몸과 주먹이 떨려왔습니다. 그 모습을 지켜보던 흑인 아주머니가 저를 포근하게 안아주더군요. 그때만큼은 27살이 아니라 초등학교 4학년이던 그 순간으로 돌아가 위로를 받는 느낌이었습니다. 스님은 말했습니다.

스님 Suffering is not holding you, you are holding sufferring.(고통이 당신을 붙잡고 있는 게 아니라, 당신이 고통을 붙잡고 있군요.)

스님은 고통스러운 기억은 버스와 같다고, 그러니 '버스 정류장'이 되어 보라고 제게 권했습니다. 제 앞에 온 버스를 그냥 지나가도록 두라는 뜻이었죠. 그렇게 모두 각자의 상처를 이야기하고 글로 적은 후 마지막에는 그 종이를 불태우는 의식까지 마쳤습니다. 그런데 정말 신기하게도 그날 경험 이후로는 수년 동안 저를 힘들게 했던 틱 장애가 마법처럼 사라졌습니다. 게다가 예전의 기억들도 더는 그리 고통스럽게 느껴지지 않았습니다.

과거의 상처를 극복하는 데 가장 중요한 것은 '알아차림'입니다.

부정적인 경험과 감정을 외면하지 말고 인지하라는 말이지요. 그것이 내게 왔음을 깨닫고 또한 그대로 보내줄 수 있어야 합니다. 이 부정적인 감정을 피하지 말고 있는 그대로 인식하고 받아들이는 게 제일 중요합니다. 스님은 바로 이 점을 제게 가르쳐주었습니다. 부정적 경험을 없던 일로 되돌릴 수는 없지만 그 기억에 대한 내 감정은 점차 잘 다룰 수 있게 되었습니다.

내가 보내고 나면 획 지나가고 말 버스를 힘겹게 붙잡고 있지 마세요. 버스에 질질 끌려가지 말고 그대로 놔두세요. 스님을 만난 뒤로는 예전에 저를 폭행했던 사람들을 향한 분노와 복수의 마음이 완전히 사라졌습니다. 그 고통스러운 기억은 이미 지나간 버스이니까요. 당신은 어떤가요? 꽉 붙잡고 있는 버스가 있지는 않나요? 자신을 위해 이제 그만 떠나보내세요. 보내줘야 새로운 버스가 또 올 수 있습니다.

혹시 아나요, '행복'이라는 이름의 버스가 예전부터 당신에게 오려고 대기하고 있을지.

꽉 붙잡고 있는 버스가 있지는 않나요?
자신을 위해 이제 그만 떠나보내세요.

3

자존감과 자기계발

많은 사람들이 자신에게 무례한 사람들 때문에 고민합니다. 그것이 전부 허상은 아닐 수 있겠지만 자기가 스스로 실제보다 더 큰 공포를 만들어내기도 한다는 점을 깨달아야 합니다. 자신이 만들어낸 공포와 두려움의 세계를 부숴야 합니다. 바닥으로 떨어진 자신감과 자존감을 점차 끌어올린다면 같은 상황도 달리 보입니다. 모든 것은 그것을 바라보는 우리의 관점에 따라 달라집니다. 결국 자신의 태도에 달려있습니다. 조금만 생각과 시선을 다르게 바라보세요. 거기에 답이 있을 것입니다.

잊을 수 없는 LA 국제공항에서의 멘붕
내가 놓은 덫에 내가 빠진다

외출만 하면 시비가 붙거나 무례한 대우를 받는다는 구독자의 고민 사연을 받았습니다.

"잘못은 늘 상대방이 했는데 오히려 적반하장으로 나오고 사과도 제대로 받지 못합니다."

이러한 일이 어쩌다 한 번이면 모르는데 연달아 벌어지다 보니 밖에 나갈 때마다 위축되기 일쑤라는 내용의 고민이었습니다.

이분의 경우처럼 이상하리만치 무례한 사람들을 연달아 만날 때가 있습니다. 불특정다수가 정말 무례하게 굴기도 합니다. 그러나 꼭 그렇지만은 않은 듯합니다. 오래전 저도 비슷한 경험을 했습니다. 그때는 모든 주변 사람들이 나를 무시한다고 생각했는데 시간이 지나고 보니 순전히 제 착각이었지요.

한국에서 저는 누구에게나 당당하고 자신감 넘치는 사람이었습니다. 그런데 LA 국제공항에 도착한 순간부터 낯선 타국이라는 생각에 괜히 위축되었습니다. 시작부터 조짐이 이상했습니다. 수화물을 받는 곳에서 한참을 기다리는데 제 가방만 안 보였습니다. 다른 승객들은 모두 가방을 챙겨 공항을 빠져나가는데 저만 발이 묶여 있으니 답답한 노릇이었죠. 더군다나 영어가 서툰 탓에 공항 직원에게 도움을 구해도 왠지 무시 받는 느낌이었습니다. 다행히 가방은 찾을 수 있었지만 무시 받고 있다는 감정은 사그라지지 않았습니다.

제 사소한 착각이 그쯤에서 끝났으면 좋으련만, 픽업을 약속했던 사람까지 안 보이자 당황할 수밖에 없었습니다. 요즘 같으면 스마트폰을 로밍해서 쉽게 연락할 수 있지만 그때는 뾰족한 수가 없었습니다. 어디에 연락을 취해야 할지 몰라 공항 안을 속절없이 배회했습니다. 잠시 후 그를 만날 수 있었습니다. 그런데도 나는 여전히 무시 받는다는 감정을 떨쳐내지 못했습니다.

어떻게 보면 별일 아닌 사소한 사건들에 불과합니다. 그렇지만 연달아 일어났기 때문일까요, 낯선 환경에서 곤란한 상황에 처하다 보니 공항에 있는 미국인들이 더욱 크고 위압적으로 보였습니다. 180cm인 제가 마치 150cm처럼 느껴졌습니다. 하필이면 제가 말을 건 사람들 모두 불친절했습니다. 몇몇은 아주 무례했습니다. 공항에 있는 모든 사람이 저를 신경질적으로 대하며 툭툭 치고 가는 듯했습니다.

재미있게도 이러한 왜곡된 인상은 금세 더 깊어졌습니다. 미국에 도착한 첫날, 몇 차례 연이은 불편을 겪은 저는 결국 '미국은 인종차별이 엄청나게 심한 곳이구나', '내가 동양인이라 무시하고 차별하는

구나'라는 확신에 차서 공항을 빠져나왔으니까요. 지나고 보면 분명 우스운 판단이지만 그때는 정말 그렇게 느꼈습니다. 만남에도 첫인 상이 중요하잖아요. 미국에 대한 제 첫인상은 그랬습니다. 미국인들 은 '타인을 무례하게 대하는 오만한 사람들'이라는 인식이 박혀버렸 지요.

좋지 않은 첫인상을 품고 패션 광고사진 스튜디오에 출근을 시작 했습니다. 함께 일하는 사람들은 주로 외국인 모델들이었습니다. 두 말할 것 없이 다들 키도 크고 예쁘고 잘생겼지요. 하지만 첫인상이 한 참 왜곡되었던 저는 이들과도 잘 지내지 못했습니다. 현장에서 어시 스턴트로 일하는 저를 무시한다고 느낀 겁니다. 제가 말을 걸어도 친 절하게 대하기는커녕 자기들끼리 대화를 이어가곤 했죠.

미국에 정착한 뒤로 한동안은 이러한 상황이 이어졌습니다. 영어 도 잘 나오지 않고, 어디서든 내게 시비 거는 사람들이 많다고 느꼈습 니다. 현장에서는 모델들까지 절 무시한다고 여겼지요. 그렇게 1년여 를 보내고 난 뒤에는 어땠을까요? 저는 미국에 대한 첫인상이 거대한 착각과 피해망상이었다는 사실을 깨달았습니다.

지나고 보면 분명 우스운 판단이지만
그때는 정말 그렇게 느꼈습니다.

실체가 없는 허상에 사로잡히기
다른 눈으로 다르게 바라보라

왠지 모르게 다들 나를 무시한다고 느꼈던 미국 생활 초기에 헬스장을 다니기 시작했습니다. 그것만이 제 유일한 취미였습니다. LA 코리안타운에 있는 작은 헬스장에 등록해 지독하게 운동에 몰두했습니다. 한국에서 제 덩치는 꽤 큰 편이었지만 미국의 헬스장에 가니 저절로 위축될 정도로 덩치 큰 사람들이 많았습니다. 자존심이 크게 상한 저는 더욱 운동에 열중했습니다. 일을 마치고 나면 하루에 2~3시간씩 운동했고, 매일 닭가슴살과 프로틴을 먹는 등 과격할 정도로 몰입했습니다.

그렇게 1년 가까이 운동을 이어갔습니다. 몸이 더욱 탄탄해진 덕분인지, 운동하면서 내면의 자신감이 생긴 덕분인지 저를 둘러싼 환경이 놀랍도록 바뀐 것을 느낄 수 있었습니다. 어느새 미국에 대해 가졌던 첫인상은 거짓말처럼 사라졌습니다. 다들 제게 무례하다고 생각했는데 알고 보니 전혀 아니었습니다. 카페나 술집, 헬스장에서 만나는 사람들 모두 친절했습니다. 오히려 그들은 제게 먼저 말을 걸어주었고, 어떤 일을 하는지 관심을 보였습니다. 대부분이 저를 호감으로 대했습니다.

그 이후로 저는 미국에 있는 동안 단 한 차례도 인종차별을 겪지 않았습니다. 미국인들은 유쾌하고 밝은 사람들이라는, 새로운 인상을 받았습니다. 불과 1년 만에요. 처음에는 제가 몸을 키운 덕분이라고만 생각했는데 아니었어요. 곰곰 생각하니 운동하는 동안 제가 자신을 대하는 방식이 바뀐 것입니다. 스스로 절 바라볼 때 '자신감 있고 당당한 사람'이라는 인식이 생기니까 다른 사람들이 저를 대하는 태도도 자연스럽게 바뀌게 된 것이었지요.

그렇다면 공항에서 그들을 무례하다고 느꼈던 이유는 무엇이었을까요? 실제로는 무시 받은 적이 없는데 혼자서 지레짐작한 것입니다.

'저 사람이 나를 무시하는구나.'

공항에서 제게 무례했던 수많은 사람들은 실체가 없는 허상이었습니다. 그들이 정말 무례했던 게 아니라 상황 때문에 당황한 저 혼자 멘붕을 일으킨 것이죠. 혼자만의 피해망상이었어요. '지금 내가 영어 못한다고 날 무시해?'라면서 만들어낸 나만의 판타지 세계였습니다.

시간이 꽤 흘러 어시스턴트로 일했던 곳에서 알게 된 모델 친구를 우연히 클럽에서 만났습니다. 체코에서 태어난 그녀는 바비인형처럼 노노하고 예쁜 외모였지만 제가 먼저 말을 붙이지는 않았습니다. 그 때도 제가 무시 받았다고 생각했거든요. 그런데 저를 본 그녀는 무척 반가워하더니 가벼운 허그와 함께 먼저 말을 걸어왔습니다. 예상치 못한 환대를 받으며 그 친구와 맥주를 한잔했습니다. 오랜만에 만난 그녀에게 단도직입적으로 물었죠.

"너, 처음에 나 무시하지 않았어? 나는 네가 인종차별하는 줄 알았어."

그런데 그 친구는 화들짝 놀라서 반문했습니다.

"그게 대체 무슨 말이야?"

그녀는 오히려 제 인상이 무서워서 말을 걸지 못했다고 항변했습니다. 모델 친구들끼리도 "저 어시스턴트 너무 무섭지 않아? 혹시 아시아 갱단 아닐까?"라고 의심까지 했다는 것입니다. 그러니까 그 친구 입장에서는 제가 무서운 사람이었지요. 저 혼자 괜한 자격지심과 열등감에 방어막을 치고 있었다는 사실을 깨달은 순간이었습니다. 상대도 그저 낯설어서 말을 걸지 않았을 뿐인데 저 혼자 심각한 착각에 빠져있었던 거죠.

내면의 자신감이 생기자 신기한 일이 계속되었습니다. 처음 미국 땅을 밟았을 때는 미국인들의 체격이 실제보다 더욱 크게 느껴졌습니다. 그런데 운동을 시작하자 더는 그런 느낌이 들지 않았습니다. 헬스장에서 같은 시간에 운동하던 흑인 친구가 있었습니다. 론이라는 이 친구는 코리아타운에 있는 한 클럽의 바운서였습니다. 첫인상은 정말 무섭고 살벌하기까지 했습니다. 제가 운동을 처음 시작할 때는 그의 눈도 제대로 못 마주쳤고, 무서워서 말을 걸지 못했습니다. 상대의 기운에 눌려 있어서인지 저는 이 친구의 키가 2m는 되는 줄 알았어요.

시간이 흐르고 점점 자신감이 붙은 저는 그와 부쩍 가까워졌습니다. 그리고 나중에서야 알게 되었습니다. 이 친구의 키가 저보다 딱 5cm가 큰 185cm라는 사실을 말이죠. 막상 제가 어깨를 펴고 옆에 서면 비슷한 체구였던 것입니다. 왠지 모를 막연한 두려움과 낯선 환경 때문에 미국인을 바라보는 시선이 왜곡되어 있었지요.

미국과 미국인들에 대한 시선이 결정적으로 바뀔 수 있었던 이유는 다름 아닌 '자신감'이었습니다. 제가 저 자신을 대하는 태도를 바꾸었기 때문에 가능했지요.

많은 사람들이 자신에게 무례한 사람들 때문에 고민합니다. 그것이 전부 허상은 아닐 수 있겠지만 자기가 스스로 실제보다 더 큰 공포를 만들어내기도 한다는 점을 깨달아야 합니다. 제가 처음 미국에 갔을 때 느꼈던 것처럼요. 한국이든 미국이든 어디에 가더라도 불친절하고 무례한 사람들은 반드시 있습니다. 그렇지만 그들이 나를 해코지하려는 사람들은 아닐 것입니다. 그보다는 나 자신이 스스로 부족하다고 여겨 움츠러드는 것은 아닐까요.

자신이 만들어낸 공포와 두려움의 세계를 부숴야 합니다. 바닥으로 떨어진 자신감과 자존감을 점차 끌어올린다면 같은 상황도 달리 보입니다. 모든 것은 그것을 바라보는 우리의 관점에 따라 달라집니다. 결국 자신의 태도에 달려있습니다. 조금만 생각과 시선을 다르게 바라보세요. 거기에 답이 있습니다.

결국 자신의 태도에 달려있습니다.
조금만 생각과 시선을 다르게 바라보세요.
거기에 답이 있습니다.

'그냥 하기'의 힘
첫 단추를 끼우는 실행력이 필요하다

저는 저 자신이 특별히 내세울 게 있는 사람이라고 여기지 않습니다. 무언가를 특출나게 잘하는 사람도 아니고요. 그렇지만 딱 한 가지, 스스로 커다란 자부심을 느끼는 부분이 있습니다. 이것 하나는 정말 잘한다며 스스로 치켜세울 수 있는 것, 바로 '실행력'입니다. 무언가 머릿속을 스쳤을 때, 해보면 좋겠다는 생각이 들었을 때는 '그냥' 해봅니다. 이리저리 재볼 것 없이 바로 시작합니다. 이것 하나만큼은 정말 타고났다고 생각합니다.

'그냥 하기'의 힘은 생각보다 강력합니다. 왜냐하면 '그냥 하기'로 인해 인생이 상상도 못했던 방향으로 흘러가기도 하거든요. 마치 일상이 모험처럼 바뀐다고 할까요. '그냥 하기'를 너무 거창하게 생각할 필요는 없습니다. 그 누구든 일상에서 마주치는 사소한 것부터 삶에서 이루고 싶은 커다란 목표까지 '그냥' 할 수 있습니다.

체력이 많이 떨어져 운동을 결심했다고 가정해볼게요. 집에 들어갈 때 엘리베이터를 타지 않고 계단을 오르기로 마음먹습니다. 하지만 운동을 시작한 첫날부터 내적 갈등이 시작됩니다.

'오늘은 일이 너무 많았잖아. 피곤한데 엘리베이터 탈까?'

'내일부터 시작해도 되지 않을까.'

이러한 내적 갈등을 다들 경험했을 것입니다. 저는 이런 상황에 놓이면 주저하고 고민하는 시간을 만들지 않으려 노력합니다. 내적 갈등을 벌일 시간에 재빠르게 계단으로 첫걸음을 옮깁니다. 여기서 중요한 점은 자신을 설득하는 것입니다.

'계단을 두 칸만 올라가 봐.'

계단 두세 칸 오르는 데 엄청난 의지가 필요하진 않으니까요. 10층까지 가야 하는 상황이라면 한꺼번에 10개 층을 다 오르려 해서는 안 됩니다. 처음에는 발걸음을 계단 쪽으로 향하는 데 초점을 두세요. 그러면 이후는 더 쉬워집니다. '이왕 시작했으니 3층까지만 가보자'라며 자신을 설득하게 되지요.

무엇이 되었든 내가 결정을 내리고 시작했다면 그것을 완수할 가능성도 있습니다. 계단을 오르다 보면 다리가 후들거리고 숨이 벅차겠지만 결국 오르길 잘했다는 생각이 들면서 성취감과 뿌듯함을 함께 느낄 수 있습니다.

이렇게 계단 오르기가 하루에서 이틀로, 이틀이 일주일로 늘어나면 자연스럽게 스스로 동기부여가 됩니다. 더 나아가면 구체적인 목표를 설정할 수도 있습니다.

'몇 달간 계단 오르기를 해서 체력을 길러보자.'

아주 작은 스텝 하나를 내디뎠을 뿐인데 자존감이 높아집니다. '한 걸음만 계단 위에 올려놓는다'는 아주 작은 행동이 다음 행동을 낳고, 또 그다음 행동을 낳습니다. 이 작은 변화가 인생의 큰 변화로 이어질 수 있습니다.

인터넷에서 우연히 어떤 문구를 본 적이 있습니다. 어느 헬스장 현관에 적힌 글귀였는데, 보자마자 무릎을 쳤습니다. 오랫동안 제 기억 속에 있는 그 문장은 이렇습니다.

"이곳까지 오신 것을 축하드립니다. 당신은 이미 가장 어려운 일을 해냈습니다. 지금부터는 운동만 하면 됩니다. 여기까지 오는 것보다 운동이 훨씬 쉬울 것입니다."

헬스장 관장님이 인생에 통달한 사람으로 느껴졌습니다. 저도 오랫동안 운동을 해왔지만 운동이 힘든 게 아니라, 퇴근하고 지친 몸을 이끌고 헬스장으로 향하는 게 정말 어렵다는 것을 알거든요. 소파에 몸을 내던지고 싶은 유혹을 떨치고 헬스장으로 향하는 일이 운동 그 자체보다 몇 배는 더 어렵습니다. 즉 첫 단추를 끼울 때 작은 용기를 냈다면 오히려 이후는 수월하다는 말이죠.

그러니 할지 말지 고민된다면, 혹은 어떤 목표를 이루고 싶다면 가장 쉬운 첫걸음을 '그냥' 한 번 해보긴 바랍니다. 그것이 당신을 예상치 못한 곳으로 향하게 만들어 줄 것입니다.

아주 작은 행동이 다음 행동을 낳고, 또 그다음 행동을 낳습니다.
이 작은 변화가 인생의 큰 변화로 이어질 수 있습니다.

4
~
기회는 정말, 스스로 만든다

삶의 변화가 필요할 때 그것을 이루기 위한 첫걸음으로 '그냥'을 선택해 보세요. 예상외로 뜻밖의 결과를 만날 수 있습니다. 언제나 성공을 불러오진 않겠지만, 그 과정에서 실패하더라도 성장하는 계기가 됩니다. 그 과정에서 전혀 알지 못했던 기회를 얻을 수 있습니다.

한국인 최초의 밀라노 컬렉션 모델이 되다
무모한 도전은 시간낭비일까

저는 유튜브 채널을 통해 '그냥 하기의 힘'을 지속적으로 강조합니다. 어떤 일을 하기 전 지나치게 고민하는 대신 행동하기를 권하죠.

저는 살면서 '그냥 하기의 힘'을 통해 참으로 많은 것을 얻었습니다. 저만 그런 것은 아닌 듯합니다. 제 지인뿐 아니라 많은 사람들이 비슷한 경험을 했다고 말해주었습니다. 그래서 제 이야기뿐 아니라 다른 사람들이 '그냥 하기의 힘'을 어떻게 발휘했는지 유튜브에 소개하기도 합니다. AKIRA님을 제 채널에 모셔서 인터뷰를 진행한 것도 이러한 취지였고, 구독자들도 AKIRA님의 이야기에 많은 공감을 보내주었습니다.

1978년생인 AKIRA님은 현재 활동 중인 모델입니다. 2006년에는 세계 3대 컬렉션 중 하나인 비비안웨스트우드의 밀라노 컬렉션에 섰습니다. 한국인 최초였던 터라 큰 화제가 되었습니다. 2000년대 초반에는 주로 한국에서만 활동했지요. 이신우, 정광효, 이상봉, 송지오 같은 걸출한 디자이너들의 무대에 서며 입지를 다져가던 때였죠. 각종 명품 쇼는 물론 TV 프로그램, 잡지 광고 등을 촬영하는 등 국내 톱모델이었습니다. 그런 그가 어느 날 이 모든 명성을 뒤로하고 홀연히 이탈리아행 비행기에 올랐습니다. 국내 활동을 이어갔더라면 많은 것이 보장되어 있는 상황에서 2005년, 포트폴리오 하나 들고 이탈리아로 향한 것이죠. 이유는 단 하나였습니다.

'이탈리아 밀라노 컬렉션 무대에 서고 싶다.'

어땠을까요? 당연히 AKIRA님의 지인들과 패션 관계자들은 모두 만류했습니다. 지극히 당연한 반응이었습니다. 요즘에는 우리나라 모델이 해외에 진출하는 경로가 다양해졌지만 그때는 그럴 수 있는 방법이 거의 없었으니까요. 더욱이 이탈리아 밀라노는 전 세계의 톱모델들이 원하는 꿈의 무대이기에 쉽게 도전할 수 없었습니다. 극소수의 일본 모델을 제외하면 밀라노에 동양인 모델은 전무했습니다. 패션 회사들 입장에서는 아시아 시장이 매우 작았기 때문입니다. 대부분의 디자이너는 서양 바이어들의 요구만을 반영해 옷을 만들었고, 그랬기 때문에 동양인 모델은 사실상 필요 없었습니다.

이처럼 전 세계 내로라하는 모델들이 모인 밀라노에는 한국인은 커녕 동양인이 설 자리가 없었습니다. 그런 상황에서 AKIRA님의 밀라노 도전이 무모하게 시작되었습니다. 주위에서는 "감히 네가?" 운운하며 비웃는 사람들과 시간 낭비라며 진심으로 만류하는 지인들이 많았습니다. 하지만 AKIRA님은 굳게 다짐했습니다.

'두고 봐라. 내가 반드시 밀라노 컬렉션 무대에 서고야 만다.'

'두고 봐라. 내가 반드시 밀라노 컬렉션 무대에 서고야 만다.'

울타리 밖 냉정한 현실
그럴 때는 어떻게 해야 할까?

AKIRA님은 당찬 포부를 품고 밀라노에 도착했으나 상황은 쉽게 풀리지 않았습니다. 스마트폰이 없을 때라 그는 20여 곳의 모델 에이전시 주소가 적힌 메모장을 들고 직접 발품을 팔았습니다. 한 손에는 본인의 포트폴리오, 다른 한 손에는 지도를 들고 모델 에이전시를 일일이 찾아다녔지요.

3일 밤낮으로 자신을 홍보하며 돌아다녔지만 안타깝게도 돌려받은 것은 무관심과 냉대뿐이었습니다. 지금은 BTS를 비롯한 K콘텐츠가 세계적 위상을 과시하지만 그 무렵 한국의 인지도는 무척 약했습니다. 우리나라에서 AKIRA님의 인지도가 높다 해도 유럽의 콧대 높은 모델 에이전시 입장에서는 그저 무명의 모델일 뿐이었죠. 게다가 사전에 약속을 잡고 방문한 것도 아니었으니까요.

그렇게 20곳의 에이전시를 돌았으나 당연히 전부 거절당했습니다. AKIRA님은 크게 좌절했고 한편으로는 화가 났습니다. 자신에 대해서도, 오디션 기회조차 주지 않는 에이전시에 대해서도 말이죠. 결국 그는 결심합니다.

'일단 어떻게든 오디션 볼 기회를 얻자.'

그는 20곳 중 가장 규모가 큰 에이전시를 다시 찾아가 오디션 기회를 한 번만 달라고 부탁했습니다. 하지만 비주류 아시아 모델에게 돌아온 대답은 한마디뿐이었죠.

"미안합니다. 오디션을 볼 수 없습니다."

그러나 그는 물러서지 않았습니다. 모델 에이전시 관계자들 앞에서 대범하게 바닥에 누워버리는 퍼포먼스를 하면서 이렇게 말했지요.

"나를 뽑지 않아도 좋다. 그렇지만 단 한 번이라도 오디션을 볼 기회를 달라. 그렇지 않다면 여기에서 한 발자국도 움직이지 않겠다."

예상치 못한 AKIRA님의 행동에 에이전시 관계자들은 그저 멍하니 바라보기만 했습니다. 잠시 당황하다가 자기들끼리 짧은 논의를 하더니 결국은 기회를 주겠다고 말했습니다. 이 말을 덧붙이면서요.

"알았다. 그런데 우리 에이전시에는 정말 자리가 없다. 대신 이번에 새로 생긴 에이전시가 있는데 그곳에 얘기해 놓을 테니 그곳에서 오디션을 봐라."

그는 그렇게 기회를 얻었고, 바로 다음 날 소개받은 에이전시로 향합니다. 드디어 오디션을 보게 된 것입니다.

그저 운이 좋은 사람?
열쇠는 자신이 쥐고 있다

천신만고 끝에 오디션 기회를 얻었지만 AKIRA님에겐 한 가지 불만이 있었습니다. 어떤 컬렉션 무대가 됐든 숱한 오디션을 거쳐야 합니다. 그런데 서구권 모델들의 오디션 스케줄표를 슬쩍 보니 10개에서 15개가량의 일정이 잡혀있었죠. 자신의 오디션 스케줄은 단 하나인데 말입니다.

무대에 설 기회를 제공하는 오디션조차 서구권 모델에게만 주어졌다는 사실에 어안이 벙벙했습니다. 그는 여기서도 특단의 행동을 취합니다. 서양 모델들의 오디션 스케줄표를 찍어두고 그 모든 오디션에 자신도 참가하기로 결심한 것입니다.

사실 그가 오디션장에 간다 해도 소용없다는 것은 분명했습니다. 관계자들은 오디션에 참가하는 모델의 목록을 이미 갖고 있으니까요. 원칙적으로 AKIRA님은 그 어떤 오디션에도 참가 자격이 없었습니다. 그런데도 오디션장을 찾은 그는 관계자들에게 인사를 건네며 간절하게 기회를 달라고 요청했습니다. 결국 그 간절함에 간신히 기회의 문틈이 열렸고 그는 어렵게 얻은 기회를 놓치지 않았습니다.

오디션을 통해 마르뗴 프랑소와 저버, 비비안웨스트우드 등 총 5번의 대형 밀라노 컬렉션 무대에 오를 기회를 잡은 것입니다. 무대에 설 수 있었던 것도 감개무량했지만 무엇보다도 자신의 시도가 헛되지 않았다는 사실이 정말 기뻤습니다.

그는 이때의 경력을 바탕으로 밀라노뿐 아니라 파리, 런던, 도쿄 세계 4대 맨즈 컬렉션 모델로 서게 됩니다. 40대 중반인 현재까지도 홍콩, 방콕, 싱가포르 등의 아시아권과 서구권에서 활발히 활동하고 있습니다. 또한 각 나라의 모델 에이전시 캐스팅 담당자들과 관계를 맺었고, 지금은 이 관계를 바탕으로 한국인 후배 모델들의 해외 진출을 돕는 일까지 확장하게 되었습니다.

그가 그저 운이 좋은 사람일까요? 운도 기회도 모두 자신이 만들어가는 것입니다. 언제든 열쇠는 자신이 쥐고 있습니다. 잊지 마세요. 모든 것은 자신에게 달려있습니다.

운도 기회도 모두 자신이 만들어가는 것입니다.
언제든 열쇠는 자신이 쥐고 있습니다.

진정한 꿈이란 무엇일까
삶의 걸림돌은 곳곳에 있다

대부분의 사람들은 이탈리아로 향하는 AKIRA님을 무모하다고 말했습니다. 그렇지만 그는 '그냥 하기의 힘'을 믿고 밀라노행 비행기표를 끊었습니다. 분명 그 한 번의 행동이 다음 행동을 낳았죠. 아무것도 하지 않았더라면 그의 인생에는 어떤 변화도 없었을 것입니다.

이탈리아에 도착해서도 그는 '그냥 하기'를 이어갔습니다. 포트폴리오와 지도를 쥐고 에이전시를 찾아다녔으며 때론 정중하게, 때론 절박하게 오디션을 볼 기회를 요청했습니다. 오디션 기회가 거절되면 좌절하거나 포기하지 않고 또 다른 오디션장으로 향했습니다.

물론 아무 대책 없이 '어떻게든 되겠지'라는 태도는 오히려 삶에 걸림돌이 될 수 있습니다. 하지만 고민만 너무 많이 하는 태도 또한 걸림돌입니다. AKIRA님은 이렇게 말합니다.

"사람은 살면서 어느 정도의 평범한 기회를 만나고는 한다. 하지만 인생을 바꿀 만큼의 임팩트 있는 기회는 스스로 만들어가는 것이다."

삶의 변화가 필요할 때 그것을 이루기 위한 첫걸음으로 '그냥'을 선택해 보세요. 예상외로 뜻밖의 결과를 만날지도 모릅니다. 언제나 성공을 불러오진 않겠지만 그 과정에서 실패하더라도 성장하는 계기가 됩니다. 그 과정에서 전혀 알지 못했던 기회를 얻을 수도 있습니다. AKIRA 님처럼 말이죠. 그냥 해보는 것이 아무것도 하지 않는 것보다는 성패와 상관없이 무조건 낫습니다.

고민만 너무 많이 하는 태도는 삶의 걸림돌입니다.

5
~
이별은 또 다른 만남

연인과 헤어진 후에도 마음이 가라앉고 나면 복기가 필요합니다. 어떤 문제로 인해 헤어졌는지, 그 문제가 내게 있었던 건 아닌지 천천히 곱씹어보는 것이지요. 다음에 올 만남을 위해서 말입니다. 만일 자신에게 문제가 있었다면 헤어진 후 그 문제를 다시 들여다볼 수 있습니다. 관계가 이미 끝났더라도 내가 돌아볼 점을 찾아냈다면 그 연애는 '실패'였다고 할 수 없습니다.

이별 후 대처에 대하여
헤어진 그를 후회하게 만든다면?

고민 상담을 하다 보면 쉽게 답변하기 어려울 때가 많습니다. 특히 사랑하는 사람과의 이별 때문에 상실감을 느끼는 고민들이 그렇습니다. 누가 뭐래도 당사자 말고는 그 상실감을 헤아릴 수 없을 것입니다.

이별 후 가슴앓이를 해본 사람은 알겠지만, 그 상실감에 대한 손쉬운 해결책이 있을 리 없습니다. 그저 '시간이 약'이라고 말씀드릴 수밖에요. 그렇게 가슴앓이하며 조금 더 성숙해지겠지요. 우리는 누군가를 진심으로 사랑하고, 또 사랑 받으면서 성숙한 사람이 되어갑니다.

연인의 이별뿐 아니라 모든 이별이 그렇습니다. 부모님을 떠나보내는 일이나 오랜 시간을 함께한 친구 혹은 반려동물과의 이별도 마찬가지입니다. 많은 이별의 순간은 야속하게도 예고 없이 찾아옵니다. 원치 않는 타이밍에 삽삭스레 찾아오는 관계의 난설, 그 자연의 순리 앞에 우리는 무력해집니다.

이별은 우리가 결코 어찌할 수 없는 영역입니다. 이별은 필연이죠.

그나마 우리가 바꿀 수 있는 것이 있다면 이별을 받아들이는 태도 아닐까요.

8년을 만난 남자친구와 헤어졌다는 사연을 받았습니다. 남자친구가 반드시 고쳤으면 하는 점을 여러 번 말했는데 해결되지 않았고 갈등만 끊이지 않았다고 합니다. 원래 인간관계는 한쪽 말만 들어서는 알기 어렵습니다. 구독자분의 이야기만 듣고 쉽게 판단하면 안 되겠지만, 아마도 남자친구의 반복되는 행동은 가볍게 넘길 사안은 아니었을 것 같습니다. 8년이나 관계를 이어오는 동안 남자친구가 달라진 모습을 보여주지 못했으니까요.

구독자는 이별 후 시원한 마음이 들지 않고 오랫동안 괴롭고 힘들다고 덧붙였습니다. 정말이지 너무나 당연한 반응입니다. 8년은 결코 짧은 시간이 아닙니다. 그동안 쌓인 행복하고 즐거운 추억이 많을 테니 이별이 괴로운 건 당연합니다. 상대방의 변하지 않는 모습에 힘들었을 텐데, 8년 동안 관계를 유지하고 발전시키기 위해 엄청나게 노력했으리라 생각합니다.

이별 후 괴로운 마음은 자연스럽습니다. 기분을 낫게 하려고 억지 웃음을 지을 필요도 없습니다. 커다란 아픔을 겪었을 때 갑작스럽게 생활에 변화를 주거나 무리하게 괜찮은 척하는 것이야말로 오히려 역효과를 불러올 수 있습니다. 이별과 상실을 애도하는 기간이 어느 정도 필요한지는 당사자만이 알 것입니다.

다만 관계를 유지하기 위해 노력했으니 딱 거기까지만 생각하면 좋겠습니다. 관계에 최선을 다하고 후회를 남기지 않은 사람은 그만큼 미련도 적으리라 생각합니다. 그렇다고 구독자분처럼 큰 이별을 겪은 사람들의 아픔을 가볍게 여기는 것은 결코 아닙니다. 인생에서 여러 번 겪게 되는 이별도 아니니만큼 그 무게는 결코 가볍지 않다고 생각합니다.

사연을 보낸 분은 질문을 덧붙였습니다.

"남자친구가 이별을 후회하게 만들려면 어떻게 해야 할까요?"

굳이 헤어진 연인이 후회하도록 만들 필요는 없습니다. 그보다는 자기 자신을 위해서라도 이별 후에 더 잘 지내는 게 중요하지 않을 까요.

> 관계에 최선을 다하고 후회를 남기지 않은 사람은
> 그만큼 미련도 적습니다.

현명한 이별 대처법
문제의 본질을 곱씹어보라

프로 바둑기사들이 대국을 끝내면 꼭 하는 일이 있습니다. 다시 두기, 즉 복기(復棋)입니다. 대국이 진행됐던 흐름대로 하나씩 다시 돌을 놓아보면서 경기 전체를 되짚어 보는 일입니다. 상대가 어떤 돌을 놓았을 때 내가 무력해졌는지, 내가 어떤 수를 두었을 때 상대가 흔들렸는지 꼼꼼히 살펴봅니다. 경기 승패와 상관없이 그 원인을 철저하게 분석하고 반성하는 게 복기입니다.

연인과 헤어진 후에도 마음이 가라앉고 나면 복기가 필요합니다. 어떤 문제로 인해 헤어졌는지, 그 문제가 내게 있었던 것은 아닌지 천천히 곱씹어보는 것이지요. 다음에 올 만남을 위해서 말입니다. 만일 자신에게 문제가 있었다면 헤어진 후 그 문제를 다시 들여다볼 수 있습니다. 관계가 이미 끝났더라도 내가 돌아볼 점을 찾아냈다면 그 연애는 '실패'였다고 할 수 없습니다.

이렇게 돌아볼 것들을 챙기면서 우리는 더욱 성숙하고 괜찮은 사람이 되어갑니다. 그렇기 때문에 마음은 아프겠지만 복기가 꼭 필요합니다. 더 나은 사람이 되려면 어떻게 해야 하는지, 연애할 때 나의 강점과 약점은 무엇인지 정도는 충분히 복기할 수 있지 않을까요. 쓰라린 이별이지만 그 모든 경험과 시간이 무의미한 것은 아니니까요.

> 관계가 이미 끝났더라도 내가 돌아볼 점을 찾아냈다면
> 그 연애는 '실패'였다고 할 수 없습니다.

부모님과의 이별에 대처하는 법
단지 조금 멀리 이사 갔을 뿐

살아가면서 가장 가슴 아픈 이별은 부모님을 떠나보내는 이별일 것입니다. 도무지 감당이 안 되는 커다란 슬픔이 나를 송두리째 집어삼키는 고통이지 않을까 싶습니다. 종종 부모님을 떠나보낸 뒤 사무치는 마음으로 제게 조언을 구하는 구독자들도 있습니다. 사실 이에 대해서는 감히 드릴 말씀이 없습니다. 그저 고인의 명복을 진심으로 빌어드릴 뿐입니다. 저도 짐작만 할 뿐 아직 겪어보지 못한 경험이기 때문입니다. 그저 제게 조언을 구하는 분들을 생각하고, 언젠가는 저도 겪게 될 일이라고 최대한 담담하게 생각해볼 따름입니다. 제가 겪어보지도 못한 그 고통을 감히 공감하고 이해한다고 쉽게 말을 꺼낼 수는 없습니다. 그 어떤 위로도 들리지 않을 때, 어설픈 위로를 함부로 건네서는 안 된다고 생각합니다.

고민 끝에 제가 미국에서 경험한, 조금 특별한 장례식을 소개합니다. 미국인 친구의 아버지가 교통사고로 갑작스럽게 돌아가시고 장례식에 참여했을 때, 그들이 고인을 보내는 독특한 태도에서 많은 것을 배웠습니다.

친구 아버지의 장례식은 집에서 치러졌습니다. 거실 앞에는 시신이 놓인 커다란 관이 있었습니다. 고인은 단정하고 반듯하게, 그야말로 깊이 잠든 사람처럼 누워 계셨죠. 조문객들은 한 명씩 다가가 각자의 방식으로 추모했습니다. 누군가는 고인의 얼굴을 부드럽게 어루만지고, 누군가는 다정하게 말을 건넸습니다. 이윽고 친구는 저를 관 앞으로 데려가 마치 아버지가 살아계신 것처럼 저를 소개했습니다.

"아버지, 한국에서 온 제 친구 데니스예요. 아버지한테 인사하러 왔대요."

그러더니 제게도 인사를 권하더군요. 저도 진심을 담아 짧게 인사했습니다.

"만나서 반갑습니다. 이제 편안하게 하늘나라로 가시길 바라겠습니다."

우리나라에서는 장례식에서 이러는 경우가 거의 없어서 어색했습니다. 하지만 고인을 마주하니까 곤히 잠든 사람에게 마지막 작별 인사를 건네는 편안한 느낌이 들었습니다. 그렇게 저는 죽음과 이별을 대하는 아름다운 인사를 배웠습니다.

다른 조문객들도 친구 아버지의 시신에 인사를 건넸습니다. 참여한 사람들은 가볍게 와인도 한잔하고 음식을 나눠 먹으며 즐겁게 이야기를 나눴습니다. 조문객들이 어느 정도 모이자 이번에는 한 명씩 앞에 나와서 생전 고인과 있었던 재미난 에피소드를 말해주었습니다. 그런 방식의 추모는 상상한 적도 없지만 참으로 아름다운 장면이었습니다. 사람들이 마치 고인이 그 자리에서 함께 귀 기울여 듣고 있는 듯 이야기를 이어가는 모습이 매우 인상적이었습니다.

고인과 어릴 적부터 친구였다고 밝힌 한 분은 재미있는 일화를 들려주었습니다. 고인이 고등학생 때 좋아하던 치어리더가 있었는데 알고 보니 미식축구부 남자친구가 있었대요. 그걸 몰랐던 고인이 치어리더에게 관심을 보였다가 남자친구에게 맞았다고 장난스럽게 이야기하는 모습이 마치 소년 같았습니다. 가족과 조문객 모두 유쾌하게 이야기에 몰입하고 즐거워했습니다. 한국의 장례식장에서는 상상도 못할 모습이지요.

화기애애하게 진행된 장례식은 새벽이 지나서야 끝났습니다. 다음 날 고인을 안장하는 자리에 저도 함께했습니다. 그런데 묘지가 멀리 떨어져 있지 않고 집에서 걸어서 10분 거리였습니다. 동네 공동묘지였죠. 미국 장례 문화의 일부겠지만, 주택가들 사이에 공동묘지가 많이 있다는 점도 인상적이었습니다. 한국에서는 쉽게 볼 수 없는 모습이니까요. 우리에게는 공동묘지가 무서운 장소인 반면 미국에서는 그렇지 않다는 점이 신기했습니다.

안장 다음 날, 친구는 쉬지 않고 바로 일하러 갔습니다. 제 딴에는 걱정이 되어서 위로를 건넸습니다.

"너 괜찮아? 일할 수 있겠어?"

그런데 친구는 아무렇지도 않다는 듯 말했습니다.

"오늘 일 나가기 전에도 아빠한테 들러서 잠깐 인사하고 왔어. 그냥 공동묘지로 이사 가신 것뿐이야."

친구는 아버지의 죽음을 슬픈 일로만 받아들이지 않았습니다. 외면하고 싶은 비극이 아닌, 삶의 자연스러운 한 과정으로 이해하는 태도였습니다. 물론 그렇게 말하는 친구의 눈에 슬픔이 엿보였지만 그는 아버지와 영원히 헤어졌다고 생각하진 않는 듯했습니다.

부모를 떠나보낸 사람을 그 누가 쉽게 위로할 수 있을까요. 다만 제가 경험한 미국의 장례식은 이렇게 말해주는 것 같았습니다.

'부모님의 뒷모습을 아름답게 기억하고 배웅하자. 부모님도 그것을 가장 바라신다.'

'부모님의 뒷모습을 아름답게 기억하고 배웅하세요.
부모님도 그것을 가장 바라십니다.'

6
~
아름다운 연애, 서글픈 연애

상대가 어떤 것을 좋아하는지, 무엇에 관심 있는지 파악하고 이를 바탕으로 많은 대화를 나누어 보세요. 대화의 주제는 점점 깊어지고 '아는 사이'를 넘어 '썸남', '썸녀'로 관계를 발전시킬 수 있습니다.

모태솔로가 연애를 시작하려면?
자연스러운 매력이 최고!

제가 받는 고민 상담의 대부분은 인간관계에 관한 것입니다. 그리고 그 관계의 상당 부분은 연애와 관련 있습니다. 즉 이성과의 관계에서 어려움이 있다는 말입니다. 한 번은 20대 중반 남자인데 어떻게 해야 모태솔로를 벗어날 수 있는지, 어떻게 해야 여성과 친하게 지낼 수 있는지가 고민이라는 사연을 받았습니다.

제가 관찰했을 때, 대부분의 여성은 남성을 대할 때 이러한 프로세스를 따르는 것 같습니다.

아는 남자 → 친한 남자 → 간질간질한 탐색 기간 → 썸남 → 남자친구.

'아는 남자'에서 '남자친구'까지 가는 데까지 걸리는 기간은 개인마다 다르겠지만, 하나하나의 감정 심화 과정을 거치지 않고 곧바로 연인 관계가 되는 경우는 거의 없습니다. 또한 이 각각의 과정이 얼마나 자연스러운지도 관계에 있어 중요합니다. 억지스럽지 않고, 불편하지 않고, 자연스럽게 흘러가야 합니다.

연애를 시작하지 못해서 고민이라는 사람들이 직면한 문제는, 관계가 쌓이는 과정을 무시하고 건너뛰려고 하는 지점에서 발생합니다. 특별히 모난 점 없이 자기만의 매력이 있더라도 이러한 과정을 건너뛰려고 하면 문제가 생기기 마련입니다. 여자 입장에서 아직은 그저 '아는 남자'일 뿐인데 갑자기 '썸남'처럼 행동하면 당황할 수밖에 없습니다. 상대의 마음을 전혀 고려하지 않은 무례한 사람으로 보이기 십상입니다.

오래전 일입니다. 친구가 여자에게 차였다며 제게 하소연을 하더라고요. 남자인 제가 봐도 매력적인 성격과 외모였기에 처음에는 거절당한 상황이 이해되지 않았습니다. 자초지종을 들어보니, 자주 가던 PC방 아르바이트 여성이 마음에 들어 한두 달 지켜보다가 어느 날 꽃다발을 건네며 고백했다는 것입니다.

"용기 있는 사람이 미인을 얻는댔잖아?"

이렇게 당당히 말하는 친구에게 할 말을 잃었던 기억이 납니다. 이 친구처럼 관계가 깊어지는 과정을 건너뛰려는 사람들이 생각보다 참 많습니다.

거꾸로 보면, 연애를 잘하는 남자들은 관계를 쌓는 방식을 잘 알고 있습니다. 자연스럽게 시간을 두고 상대와 친해지는 방법을 알지요. 상대에게 부담을 주지 않으면서도 호감을 표시하는 정도를 차츰 높여갑니다. 그런데 친구는 정반대로 행동했습니다. 조바심과 초조함을 견디지 못하고 빨리 관계의 결실을 맺고 싶어 했죠. 이렇게 과정을 건너뛰면 자신의 매력을 제대로 어필하지도 못합니다. 그 결과는 불 보듯 빤하고요.

이렇게 말하면 언제나 뒤따르는 질문이 있습니다.

"어떻게 해야 이성과 자연스럽게 친해질 수 있나요?"

저는 이렇게 대답합니다.

"이성이 아니라 한 명의 사람으로 먼저 대하세요."

연애 전문가는 아니지만 학창 시절 꽤 오랜 시간 여자 친구들과 함께 보내며 배운 것입니다. 중학교 때까지는 남자친구들과 주로 지냈지만 예술고등학교에 진학하면서 자연스럽게 주위에 여자 친구들이 많아졌습니다. 처음에는 낯설고 어색하기만 했습니다. 여자들과는 어울려본 일이 아주 드물었기 때문에 어디서부터 어떻게 친해지는지 몰랐지요.

특히 호감 있는 친구에게 다가갈 때는 더 그랬습니다. 유독 그 친구 앞에서는 어색해졌고, 제 행동에 허세가 잔뜩 들어갔습니다. 반면 이성적인 호감 없이 친하게 지내는 여자 친구들과는 전혀 어색함 없이 지냈습니다. 처음부터 그런 건 아니지만 점차 장난을 치기도 하면서 일상적인 대화를 자연스럽게 나눌 수 있었습니다. 그런 친구들은 자기들과는 대화도 잘하면서 정작 호감을 품은 친구 앞에서는 어색해하는 제가 안타까웠나 봅니다. 한 친구는 제게 이렇게 말해주었습니다.

"현규야, 너 그냥 우리한테 하던 대로 해. 괜히 어설프게 폼 잡지 말고 그냥 편하게 하라고."

그때부터 저는 이성적으로 호감 가는 친구도 편하게 대하려 노력했습니다. 아무리 마음에 드는 이성이라 해도 먼저 자연스러운 인간관계가 우선되어야 한다는 사실을 알게 되었죠. 이 깨달음은 훗날 성인이 되어 연애할 때 매우 큰 도움이 되었습니다. '먼저 인간적으로 다가가는 것'이 중요합니다. 동호회든 회사 동료들과의 모임이든 이렇게 자신을 세뇌시키세요.

'나는 여기에 여자친구를 만들려고 온 것이 아니야.'

'나는 인간관계를 넓히려고 온 거야.'

'나는 어떤 여자든 이성으로 보지 않고 한 인간, 동료로 볼 거야.'

대체로 여성은 잘 알지 못하는 남성이 초반에 적극적으로 다가오면 본능적으로 경계합니다. 아직 아무 사이도 아니고 어떤 사람인지조차 모르는데 이성적 관심을 보이고 요구하면 부담스러울 수밖에 없습니다. 아무리 호감형인 남자라 하더라도 '오늘 반드시 여자친구로 만들겠어'라는 속내를 대놓고 내비친다면 없는 정도 떨어질 가능성이 매우 높습니다.

그러면 도대체 어떻게 해야 자연스럽게 친해질 수 있을까요? 다양한 주제를 갖고 깊이 있는 대화를 나누라고 조언하고 싶습니다. 그저 아는 사이일 때는 가벼운 대화부터 시작합니다. 어떤 음식을 좋아하는지, 가장 좋아하는 맛집은 어디인지, 기억에 남는 여행지는 어디였는지. 이러한 일상적 취향들이 대화의 소재가 되겠지요. 그러다가 관계가 점차 발전하면 서로의 성격이나 MBTI, 혹은 더 나아가 꿈과 비전을 나눌 수도 있습니다. 이렇게 대화하다 보면 자연스럽게 공통점이 발견되고 친근감과 호기심도 생깁니다. 실제 주위에서도 이런 경우를 많이 보았습니다. 연애를 시작한 여성 지인들은 이렇게 이야기하고는 합니다.

"그 남자 꿈이 되게 멋지더라."
"그랑 대화해보니까 잘 맞더라."
"그 남자 음식 취향이 나랑 같더라."
"그의 외모는 내 취향이 아닌데 대화가 잘 통해서 좋더라."

즉 첫인상은 별로였는데 코드가 잘 맞아 연인 관계로 발전했다는 말입니다. 상대가 어떤 것을 좋아하는지, 무엇에 관심 있는지 파악하고 이를 바탕으로 많은 대화를 나누어 보세요. 대화의 주제는 점점 깊어지고 '아는 사이'를 넘어 '썸남', '썸녀'로 관계를 발전시킬 수 있습니다. 대화가 풍부해지면서 호감을 표현했는데 상대가 잘 받아주는 것 같다면 조심스레 다음 과정으로 나아가면 됩니다.

물론 이때도 신중해야 합니다. 호감을 표현하고 약속을 잡으려는데 거절당하기도 합니다. 상대에게 일이 생겨서 부득이하게 약속을 미룰 수도 있지요. 그런데 그게 아니라, 별다른 이유 없이 약속을 두세 차례 미룬다면 거절의 신호입니다. 그러면 포기해야 합니다. 진지하게 호감을 표했는데도 세 번 이상 거절당했다면 일말의 가능성도 모두 내려놓으세요. 그것은 '이제 그만 연락하세요'라는 명백한 신호랍니다.

상대가 어떤 것을 좋아하는지, 무엇에 관심 있는지 파악하고
이를 바탕으로 많은 대화를 나누어 보세요.

여자는 어떤 남자에게 반하는가
여자가 기억할 수밖에 없는 세 가지 유형의 남자

생각보다 많은 남자들이 이렇게 하소연합니다.

"외모나 경제력에 자신이 없어 이성을 못 만나고 있어요."

저는 그렇다 하더라도 이성에게 충분히 어필할 수 있는 세 가지 전략이 있다고 조언합니다. 자신감, 비전 그리고 아버지로서의 자질입니다.

오늘날 힙합 문화는 상당히 대중화되었습니다. 래퍼들의 가장 큰 매력은 '스웩(Swag)'이라고 생각합니다. '건들거리다'는 뜻의 스웩은 여유 있는 태도, 부담스럽지 않은 허세나 잘난 척을 가리키는 말입니다. 래퍼들은 자신의 이야기를 정말 자신 있게 내뱉습니다. 자기만의 세계관도 뚜렷하고 스스로 '나는 멋있다'고 생각하며 그에 걸맞은 행동까지 보여주죠. '누가 뭐래도 나는 나다'라는 당당한 태도 자체가 자신감으로 표출됩니다.

〈쇼미더머니〉 시리즈를 보면 이런 모습을 쉽게 볼 수 있습니다. 1

화에서는 다소 초라해 보이고 매력이 느껴지지 않던 출연자가 회를 거듭할수록 자신감이 특유의 색깔로 멋지게 발현되기도 합니다. 처음에는 약해 보여도 스스로 멋있다고 믿는 사람은 시간이 지나면서 빛을 발합니다. 물론 아무런 근거 없이, 어떠한 노력도 수반되지 않은 자신감은 허세에 불과합니다. 그러나 자기만의 철학으로 가사를 쓰고 열정적으로 공연을 준비하면서 스스로 멋있다고 여기는 래퍼를 보면 '정말 멋지구나' 하는 생각이 들기 마련입니다.

이성도 이러한 점을 분명하게 느낍니다. 래퍼를 예로 들었지만 일반인도 똑같습니다. 분명히 훤칠하고 잘생겼는데 시간이 지날수록 매력이 떨어지는 사람이 있습니다. 반대로 외모는 그리 잘나지 않았는데 시간을 두고 볼수록 단단한 자신감이 멋진 사람도 있습니다. 둘의 차이는 바로 스스로를 바라보는 자신의 관점과 태도에 달려있습니다. 이 차이는 어마어마합니다.

그렇다고 집에서 빈둥거리기만 하면서 '나는 멋져'라고 되뇌어봤자 멋있어질 리는 없지요. 스스로 멋지다고 여길 수 있으려면 그에 걸맞은 노력이 뒤따라야 합니다. 지금 자신이 하는 일에 대한 자신감, 자신의 신념과 가치관에 대한 확고한 태도를 견지한 사람이 되어야 합니다. 이런 사람은 어딜 가나 주목 받고 인기를 얻습니다. 혹여 시간이 걸리더라도 누군가의 눈에 띌 수밖에 없습니다.

자신감을 넘어 멋진 비전까지 가지고 있다면 더할 나위 없을 것입니다. 자신감을 넘어선 아우라가 풍기는 사람. 저는 20대 중반, LA에서 그런 남자를 만났습니다. 클럽에서 일할 때 알게 된 베트남 출신의 친구였습니다. 아시아 남자가 백인 현지 여성과 사귀는 일은 상당히 드물었는데, 그의 주위에는 백인 여성들이 끊이지 않았습니다. 제가 볼 때마다 언제나 백인 그룹에서 즐겁게 놀고 있었습니다. 저는 그가 좋은 집안의 부자라고 넘겨짚었습니다. 165cm 정도의 왜소한 체구에 잘생긴 편도 아니었거든요.

이 친구에게 호기심이 생긴 저는 그가 클럽에 올 때마다 유심히 지켜보았습니다. 누구와 이야기를 해도 자신감 있고, 자기 할 말을 매너 있게 하더군요. 모델처럼 훤칠한 백인 남성 앞에서도 전혀 기가 죽지 않았습니다. 조금 더 친해진 후에 그의 비전을 들을 수 있었습니다. 이 친구는 LA 남부 가든그로브라는 타운에서 작은 식당을 운영하고 있었습니다. 나중에 가보니 정말 작은 식당이었어요. 저는 적잖이 놀랐습니다. 집안에 돈이 많거나, 대형 식당을 운영하는 것도 아닌데 어디서 이런 자신감이 나오는지 알 수 없었거든요.

그에게는 자신만의 확고한 비전이 있었습니다. 지금의 식당을 빠르게 키워 10년 안에 베벌리힐스(Beverly Hills)로 옮기겠다는 꿈이 있었어요. 그저 허무맹랑한 바람이 아니었습니다. 그의 노트에는 레시피 연구의 결과물들이 빼곡히 적혀 있고 방에는 수많은 비즈니스 서적이 꽂혀 있었습니다. 나중에 식당을 키워 두 여동생을 대학에 보내려는 야심 찬 포부를 가진 친구였죠. 체구나 외모만 보고 지레짐작한 저 자신이 부끄러울 만큼 그는 담대하게 비전을 실현해가는 사람이었습니다. 몸집은 작았으나 뿜어져 나오는 존재감은 무척 큰 친구였습니다.

매력적인 남자가 되기 위한 세 번째 요소는 바로 '아버지가 될 자질'이 있는가입니다. 결혼을 앞둔 시기에서 남자와 여자는 관점이 확연히 다릅니다. 여자는 남자와는 다르게 생명을 잉태하고 아기를 낳기 때문에 배우자를 고를 때 훨씬 더 본능적 판단을 내립니다.

'지금 이 남자가 내 아이의 아버지가 된다면, 아이가 행복할까?'

분명 남자보다 여자가 미래에 태어날 아이에 대해 더 깊이 생각할 수밖에 없기 때문이겠지요.

고등학생 때 친구들과 롯데월드를 놀러간 적이 있습니다. 그중 아이를 유독 예뻐하는 남학생이 있었는데, 롯데월드에서도 그 면모를 보여주었죠. 카퍼레이드가 진행될 때, 옆에 있는 생면부지의 아이가 까치발을 들고 힘겹게 구경하고 있었습니다. 그 모습이 안타까웠는지 친구는 아이를 목말 태워 카퍼레이드를 보여주었습니다. 그 순간 함께 갔던 여자 친구들이 그를 바라보는 시선이 그렇게 고울 수 없었습니다. '눈에서 꿀 떨어진다'는 표현이 어울리겠네요.

여자는 아이에게 친절하고 자상한 남자에게 끌릴 수밖에 없습니다. 아이에게 정말 잘하겠다, 좋은 아빠가 되겠다, 싶은 모습을 발견하면 커다란 매력을 느낍니다. 다른 아이들에게 자상한 모습, 잘 놀아주는 모습 그리고 집에서 요리하는 모습 등을 보여준다면 정말 좋겠죠.

반면 남자가 절대로 보이지 말아야 할 모습도 있습니다. 바로 자기비하를 하는 모습입니다. 조금 극단적인 예시지만, 배우가 꿈인 사람이 일이 잘 풀리지 않는다면서 자기비하만 하고 허구한 날 술만 마신다면 어떨까요? 어떤 여성이 그 남성과 미래를 그리고 싶겠습니까?
하지만 비록 지금은 무명 배우이지만 열심히 오디션을 보러 다니고,
기회가 닿을 때마다 연극 무대에 서는 남자는 어떨까요? 상황이 좋지
않아도 늘 자신감 있는 모습으로 자신을 가꿀 줄 아는 사람이라면, 이
성에게 충분히 매력적일 수 있습니다.

둘의 차이는 바로 스스로를 바라보는 자신의 관점과 태도에 달려있습니다.
이 치이는 어미어미합니다.

남자는 어떤 여자에게 끌리는가
남자가 생각하는 매력적인 여자 유형

이성 앞에서 자신감이 떨어지는 남자가 있듯 자신감 없는 여자도 있습니다. 남자든 여자든 외모가 중요한 요소일 수 있지만 관계를 좌우하는 것은 외모가 전부는 아닙니다. 연애에도 예선과 본선이 있고 당연히 예선보다 본선이 더욱 중요합니다. 외모 말고도 중요한 것이 많습니다. 성격, 인성, 매너, 취향 등이 상대의 마음을 진정으로 사로잡기도 합니다.

학교에서 패션 사진을 전공한 저는 20대 초반에 레이싱모델과 촬영을 진행한 적이 있습니다. 솔직히 그분의 빼어난 외모가 마음에 들어 촬영 후 따로 약속을 잡았습니다. 삼계탕을 좋아한다 해서 함께 식당으로 향했습니다. 음식이 나오고 대화를 풀어가려는데 그분의 표정이 어두워지는 게 눈에 들어왔습니다. 뭐가 불편하냐고 물어봤는데 대뜸 저에게 불평했습니다.

"매너가 없네요."

"무슨 말인지요?"

"삼계탕을 먹기 좋게 살을 발라줘야죠."그녀는 센스가 없다는 지적까지 덧붙였습니다.

저는 데이트를 많이 해보지 않아서인지, 이게 맞나 의아해하면서도 요청대로 살을 발라주었습니다. 잘 먹었다는 인사말 하나 못 듣고 2차로 자리를 옮겼습니다. 술집에서의 대화도 별로 유쾌하지 않았습니다. 자기가 아는 오빠들이 얼마나 잘나가는지 인맥 자랑만 늘어놓는 통에 대화다운 대화를 나누지 못했습니다. 그 와중에 서빙하는 아주머니께는 얼마나 불친절하던지, 빨리 헤어져야겠다는 생각만 가득했습니다. 상황이 그렇게 흐르니 뛰어난 외모는 하나도 눈에 들어오지 않더군요.

반면 외모는 인상적이지 않았으나 제 뇌리에 강한 인상을 남긴 여성들도 있습니다. 외모와 무관하게 이성적 매력이 잔뜩 뿜어져 나오는 사람들이었습니다. 대학 2학년 때 신문사 계열 광고회사에서 인턴으로 일할 때 그런 여성을 처음 만났습니다. 사수와 함께 광화문에 있는 한 광고기획사 대표를 인터뷰하러 간 자리에서였습니다. 40대 중반쯤인 대표님이 매너 좋게 저희를 맞아 주셨어요.

인사를 나눈 후 저는 인터뷰를 위해 조명을 설치하고 카메라 위치를 조정 중이었습니다. 사수가 잠시 자리를 비워 대표님과 단둘이 15분 정도 있었는데 그분이 저에게 먼저 말을 걸었습니다. 보통 그런 현장에서는 어린 어시스턴트에게 관심을 보여주는 사람이 거의 없습니다. 오히려 홀대받는 경우도 적지 않았죠. 그런데 대표님은 더운 날

고생이 많다며 제게 음료수를 권해주었습니다. 나이 차도 20살 가까이 나는 제게 꼬박꼬박 존댓말을 쓰며 예를 갖춰 진심으로 대해주었습니다.

저와 제 전공에 관심을 보였고 제가 대답할 때는 눈을 맞추고 진지하게 호응해주었습니다. 중간중간 맞장구도 치면서요. 그런 반응 덕분인지 저도 모르게 신나서 제 이야기를 늘어놓은 기억이 아직도 생생합니다. 15분의 짧은 시간이었지만 그분에게 상당한 매력을 느꼈습니다. 그만한 관심과 애정으로 이야기를 들어주는 사람을 만나는 일은 아주 드문 경험이었거든요. 순조롭게 인터뷰를 마치고 자리를 정리할 때, 그분은 제게 따뜻하게 작별 인사를 해주었습니다.

"현규 씨, 나중에 꼭 훌륭한 포토그래퍼가 되었으면 좋겠습니다."

저는 그날 그분에게 '어른들의 대화'를 배운 기분이었습니다. 애정 어린 호응과 대화 매너, 호감을 주는 화법이 몸에 밴 사람이었지요. 어떤 태도로 대화해야 하는지 똑똑히 각인되었던 순간입니다. 그분은 제게 '어른의 향기'가 무엇인지 알려주셨습니다. 지금 제가 40이 넘었지만 저보다 어린 사람에게 함부로 반말하지 않는 것도 그때 그분에게 받은 영향 때문입니다.

사실 그분의 태도는 성별과 상관없이 매력과 호감도를 높일 수 있는 최고의 방법입니다. 상대의 눈을 애정을 담아 쳐다볼 줄 알고, 이야기를 경청하는 태도 말이죠. 특히나 남자는 자신의 말에 이러한 리액션을 보여주는 여성에게 깊은 호감을 느낍니다.

두 번째로 이성에게 크게 매력을 느꼈던 순간은 20대 후반이었습니다. 친구들과 그들의 지인을 포함해 함께 밴을 타고 스키장으로 놀러가던 길이었어요. 눈이 펑펑 내리는 날이라 어느 순간 자동차 바퀴가 미끄러지듯 헛돌기 시작했습니다. 아무리 액셀을 밟아도 바퀴가 눈 때문에 계속 헛돌았지요. 내려서 확인해 보니 바퀴가 돌에 끼었고, 다들 힘을 모아 차를 밀어야 할 상황이었습니다.

남자들이 모두 내려 차를 밀려던 찰나, 한 여성이 내리더니 외투를 허리에 딱 묶고는 함께 밀려고 자세를 취했습니다. 그 모습이 정말 강렬했습니다. 어떤 상황에서도 진취적 태도를 보이는 여성은 매력적이라는 사실을 그때 알았습니다. 이렇게 어려운 상황 말고도 사소한 일상에서도 주도적으로 관계를 이끄는 모습은 참 매력적이라고 생각합니다.

마지막으로 운동하는 여자입니다. 운동을 열심히 하는 모습 그 자체가 매력적이라는 뜻입니다. 저는 헬스장을 오랫동안 다니는데 살이 찐 사람들이 헬스장에 오기를 꺼리는 모습을 자주 봅니다. 스스로 몸매에 대한 자신감이 없어 운동하기를 주저하고 망설이지요.

오래전 한창 운동을 다닐 때 그 시간대에 운동하던 여성분이 있었습니다. 몸집이 좀 있는 편이었는데 초반에는 어색해하고 주변을 신경 쓰는 모습이었어요. 속으로만 그분을 응원했는데 정말 매일 나오더라고요. 운동 루틴도 짜임새 있게 짠 것 같아서 러닝부터 웨이트까시 매일 땀 흘리며 운동했어요. 그런 모습이 얼마나 매력적으로 보였는지 모릅니다. 꾸준한 의지와 자기 극기의 모습은 누구에게라도 건강한 자극을 주기 마련입니다.

그분은 그렇게 4개월 이상 매일 나왔습니다. 차츰 변하는 몸매는 말할 것도 없고 얼굴에 가득한 활기는 한눈에 알아볼 수 있을 정도였습니다. 저는 같은 시간에 운동하면서 몇 개월 동안 얼굴을 본 사이니만큼 존경의 마음을 담아 말을 걸었어요.

"하루가 다르게 바뀌는 모습이 너무 멋지십니다."

"어머, 감사해요."

그렇게 가끔 대화를 주고받는 사이가 되었는데, 나중에는 운동하는 이유도 말해주더라고요. 남자친구가 생겼는데 그에게 매력적으로 보이고 싶어 운동을 시작했다고요.

평소 저는 성별을 떠나 모든 사람에게 운동을 강하게 권합니다. 인간은 사회적 동물이고, 매력적인 신체는 이성에게 강력한 어필 요소입니다. 이는 본능에 가깝습니다. 그러나 반드시 예쁘고 멋진 몸을 만들기 위해 운동하는 것은 아닙니다. 가장 중요한 이유는 자신의 건강을 위해서지요.

지금 당장 몸매에 큰 자신감이 없더라도 운동을 시작했다면 당당하게 SNS에 자신의 모습을 올려보세요. 스스로 당당해질 수 있고 자기 삶을 긍정적으로 바라볼 수 있습니다. 그러한 열정은 주위 사람들에게 전달될 거예요. 더 나아가 나중에는 그 모습이 자연스럽게 매력으로 보일 것입니다. 오늘부터 시작하는 것은 어떨까요?

남자는 자신의 말에 리액션을 보여주는 여성에게 깊은 호감을 느낍니다.

7

결혼하지 말라! 절대로?

결혼 생활에는 마땅히 자기희생이 뒤따릅니다. 자녀가 없어도 마찬가지입니다. 배우자와 잘 지내려면 양쪽 모두에게 반드시 희생정신이 필요합니다. 그래야 순탄한 관계를 유지하며 나아갈 수 있습니다. 어떤 상황에서도 하고 싶은 것은 다 해야 하는 사람에게는 결혼이 일종의 감옥일 수밖에 없습니다. 기질 자체가 자유분방하고 뭔가에 얽매이는 것을 싫어하는 사람일수록 결혼 생활이 불행할 확률이 높습니다.

산에 오르면서 산이 험하다고 불평한다면
마땅히 자기희생이 뒤따른다

종종 결혼 생활에 대한 이야기를 나누다 보면 불평을 토로하는 사람이 많습니다.

"이렇게 힘든 건 줄 알았다면 결혼 안 했을 텐데."

더 나아가 미혼인 사람에게 "절대로 결혼하지 마"고 조언하기도 합니다.

저는 이런 사람을 잘 이해할 수 없습니다. 험난한 산에 오르면서 이렇게 불평하는 사람이 있다고 생각해보세요.

"등산이 이렇게 힘든 줄 알았다면 오르지 않았을 것이다."

이 세상에 편한 등산은 없습니다. 숲에 캠핑하러 가서 모기와 벌레 때문에 잠을 못 잔다고 불평하는 모습은 또 어떤가요. 캠핑에 기대하는 경험만큼 감수해야 할 어려움도 있는 게 당연합니다.

물론 결혼 생활을 유지하기란 무척 힘든 일입니다. 그것도 조금 힘든 정도가 아니라 정말 많이 힘들죠. 힘들다는 것을 기본 전제로 삼아야 합니다. 언젠가 여자 동창이 결혼을 통해 심신의 안정을 찾고 싶다는 말을 했습니다. 저는 그 자리에서 즉시 대답했습니다.

"심신 안정이 필요하다면 결혼 대신 요가를 하는 편이 나을 거야."

흔히 결혼을 인륜지대사라 합니다. 인생에서 가장 중요한 일 중 하나지요. 결혼을 기점으로 삶이 송두리째 바뀌기도 합니다. 그런데도 많은 사람들이 결혼 생활의 어려운 점을 간과합니다. 배우자와 성향이 잘 맞아도 쉽지 않은 것이 결혼 생활인데 말입니다. 나 혼자만 잘하면 되는 삶에서 '관계된 수많은 존재를 고려해야' 하는 삶으로 바뀌지요.

그런데도 여전히 많은 사람들은 결혼을 꿈꿉니다. 정말 결혼은 그만한 가치가 있을까요? 반드시 해야만 할까요? 제 유튜브 구독자들도 결혼과 관련된 많은 질문을 주십니다. 저는 이러한 질문들에 즉답을 드리기보다는 '나는 누구인가?' 혹은 '나는 어떤 사람인가?'라는 질문을 돌려드리고 싶습니다.

'당신은 어떤 사람인가요? 어떨 때 행복을 느끼나요?'

자신에 대해 충분히 알지 못한 채 하는 결혼은 불행의 씨앗이라 생각합니다. 이 부분을 깊게 고민해본 적이 없기 때문에 결혼 후 불행을 느끼거나 이혼까지 가는 경우가 많습니다.

결혼 생활에는 마땅히 자기희생이 뒤따릅니다. 자녀가 없어도 마찬가지입니다. 배우자와 잘 지내려면 양쪽 모두에게 반드시 희생정신이 필요합니다. 그래야 순탄한 관계를 유지하며 나아갈 수 있습니다. 만일 누군가가 배려나 희생에는 전혀 관심이 없다면 어떨까요? 어떤 상황에서도 하고 싶은 것은 다 해야 하는 사람에게는 결혼이 일종의 감옥일 수밖에 없습니다. 기질 자체가 자유분방하고 뭔가에 얽매이는 것을 싫어하는 사람일수록 결혼 생활이 불행할 확률이 높습니다. 그렇다고 그들이 나쁘거나 악할까요? 그렇지 않습니다. 그저 결혼이라는 제도, 결혼 생활이라는 삶의 방식과 잘 맞지 않은 것입니다.

남편과 아내 모두 끊임없이 자기희생을 해야만 결혼은 지속 가능합니다. 한쪽이 일방적으로 잘한다 해서 유지되는 것도 아닙니다. 부부 사이가 아무리 좋다 하더라도 필연적으로 고난과 고통의 연속이라는 것을 분명히 알고 있어야 합니다. 그런 각오가 없는 상태라면 더욱 결혼을 신중하게 생각해야 합니다.

> 부부 사이가 아무리 좋다 하더라도 필연적으로
> 고난과 고통의 연속이라는 것을 분명히 알고 있어야 합니다.

예측 불가능한 존재들
독신보다 결혼의 스트레스가 더 크다

미혼일 때는 본인 일만 잘하면 됩니다. 자기 앞가림 잘하고 부모님께
도리만 잘한다면 별 문제가 없습니다. 하지만 결혼 시작과 동시에 등
장인물이 늘어납니다. 배우자, 자식, 시댁 식구, 처가댁 식구까지… 예
측하기 어려운 관계들이 무수히 파생되어 서로 얽히게 됩니다.

상대를 잘 안다고 생각해 결혼하지만, 막상 결혼하고 나면 배우자
의 새로운 모습에 당황하는 경우도 적지 않습니다. 게다가 자식이란
본질적으로 예측 불가한 존재입니다. 성장해가면서 더욱 그럴 테고요.

다시 말하지만 나 혼자 잘한다고 결혼 생활이 원만하게 돌아가지
는 않습니다. 한 집안과 또 다른 집안의 만남이 결혼이기에 둘의 문제
를 넘어선 또 다른 문제까지 발생할 수 있다는 점을 알아야 합니다.
게다가 결혼 후에도 여전히 부모와 밀접한 관계를 유지하는 우리나
라 특유의 문화도 크게 한몫한다고 생각합니다.

어느 정신과 의사의 말이 생각납니다.

"독신 생활에서 얻은 스트레스로 정신과를 찾는 환자는 전체의 10%도 안 되는데, 결혼 생활 스트레스로 의사를 찾는 환자는 무려 90% 이상이다."

어느 정도 과장이 섞였을지도 모르지만 결혼 생활에 얼마나 큰 스트레스가 따르는지 보여주는 이야기입니다. 따라서 기혼자라 해도 남들에게 결혼해보라는 조언을 쉽게 건네면 안 된다고 생각합니다.

가장 안타까운 경우는, 결혼이라는 일생일대의 결정을 본인 의지가 아니라 주변의 눈치 때문에 서두르는 사람입니다. 소위 말하는 '혼기'가 찼는데 결혼하지 않은 사람에 대한 시선은 ―예전보다는 많이 줄었지만― 여전히 곱지 않은 편입니다. 너무나 이상한 문화라고 생각합니다.

'얼마나 눈이 높으면 아직도 결혼을 못 한 거지?'

'얼마나 혼자 노는 게 좋기에 아직도 결혼을 안 했을까?'

이러한 시선들입니다.

이런 선입견은 정말 잘못된 것입니다. 각자의 사정과 생각을 알지도 못하면서 미혼자들이 마치 결함이라도 있다는 듯 대하는 태도를 이해할 수 없습니다. 이렇게 잘못 자리 잡은 통념과 문화 탓에 부모 입장에서는 혼기를 훌쩍 넘긴 자녀에게 무슨 문제가 있진 않은지 걱정됩니다. 그러다 보니 초조하고 불안해 잔소리와 닦달을 하는 것이죠.

절대로 사회적 분위기와 문화 때문에 급히게 결혼을 결정하지 마세요. 부모와 친척의 잔소리 때문에 무작정 서두르는 결혼만큼 안타까운 일은 없습니다.

사회적 분위기와 문화 때문에 급하게 결혼을 결정하지 마세요.
부모와 친척의 잔소리 때문에 무작정 서두르는 결혼만큼
안타까운 일은 없습니다.

결혼 전에 중요하게 생각해야 하는 것
냉정함이 우선이다

결혼을 진지하게 고려 중이라면 먼저 본인이 어떤 성향인지 알아야
합니다. 자유분방하고 어딘가에 얽매이는 것을 지독히 싫어하는 성
격이라면 혼자 사는 편이 훨씬 더 행복할 수 있습니다.

제 주변에도 지금까지 결혼하지 않은 친구와 또래 지인들이 꽤 있
는데, 결혼하지 않았다 해서 불행하다고 여기는 경우는 거의 없습니
다. 결혼하지 않는다면 외로울 수는 있겠죠. 하지만 기혼자라 해서 모
두 외롭지 않은 것도 아닙니다. 오히려 배우자 때문에 더 외롭고 괴롭
다는 기혼 지인들도 있습니다. 외로움은 인간 본연의 문제입니다.

결국 '결혼할 것인가, 하지 않을 것인가'보다 중요한 문제는 자신
이 어떨 때 행복한 사람인지 아는 것입니다. 본인의 행복에 집중해야
합니다.

결혼을 바라볼 때는 냉정한 시선을 잃지 마세요. 사회적으로 잘나
가던 사람이 배우자를 잘못 만나 풍비박산 나는 경우나 좋은 가정에

서 자랐으나 배우자를 잘못 만나 온전한 가정을 꾸리지 못하고 괴로워하는 경우가 종종 있습니다. 이는 냉정한 현실입니다. 결혼에 대한 장밋빛 판타지를 꿈꾸기보다는 현실적으로 볼 필요가 있습니다. 자신을 위해서 말이지요.

결혼을 선택할지, 말지에 대한 판단은 모두 자신의 행복 여부에 맞추어야 합니다. 그렇다면 결혼 후 행복 여부는 무엇으로 결정될까요? 당연한 이야기지만, 어떤 사람을 배우자로 맞이하는지에 달려있습니다. 결혼 생활은 녹록지 않지만 그래도 배우자를 잘 만난다면 행복하게 살아갈 수 있습니다. 아이를 갖지 않고 두 사람의 삶을 꾸려가고 싶다면 같은 성향의 상대를 찾으면 됩니다. 반대의 경우도 마찬가지입니다. 나와는 맞지 않는 배우자를 만난다면 소위 생지옥이 따로 없습니다. 반면 천생연분인 배우자를 만난다면 결혼 생활이 무척 행복한 나날이 될 것입니다.

이렇게 말하는 사람도 있습니다.

"나이 먹을수록 좋은 사람을 만날 기회가 줄어든다. 그러니까 되도록 어릴 때 결혼해야 한다."

일리 있는 말이지만 진리는 아닙니다. 자기계발을 잘하는 사람이라면 나이와 무관하게 좋은 인연을 얼마든 만날 수 있습니다. 어디까지나 확률의 문제겠지요. '결혼 적령기'라는 말 앞에 너무 작아지지 않기를 바랍니다. 좋은 사람 곁에는 좋은 사람이 오는 법이니까요. 자신에게 집중하고 스스로 좋은 사람이 되기 위해 노력하는 것이 현명한 자세입니다.

'결혼할 것인가, 하지 않을 것인가'보다 중요한 문제는
자신이 어떨 때 행복한 사람인지 아는 것입니다.
본인의 행복에 집중해야 합니다.

8
아이를 기르는 행복

결혼 생활의 가장 큰 선물은 자녀입니다. 아이를 키울 수 있다는 것만으로도 결혼은 인생에서 충분히 가치 있습니다. 요즘은 결혼을 하고 싶어도 못하는 사람들, 아이를 갖고 싶어도 갖지 못하는 사람들이 많아서 쉽게 꺼내기에는 어려운 주제이지만, 부모가 된다는 것은 무엇과도 바꿀 수 없는 삶의 축복이자 깨달음의 여정입니다.

결혼 생활의 최고의 축복은 육아
부모가 되면 천지가 뒤집어진다

제 인생의 가장 큰 분기점을 꼽으라면 바로 아버지가 된 순간입니다. 한 아이의 아빠가 된 후로 저는 그야말로 천지개벽 수준으로 완전히 다른 사람이 되었습니다. 삶의 가치관과 행동 양식까지 거의 모든 영역에서 커다란 변화가 일어났습니다. 저는 육아를 통해 비로소 '나는 어떤 사람인가?'라는 어려운 질문에 답할 수 있게 되었습니다.

자식이 태어나면 삶의 초점은 온전히 아이를 향하게 됩니다. 어떻게 해야 아이에게 더 좋은 것을 보여주고 경험시켜 줄까, 어떻게 해야 좋은 환경을 제공해 줄 수 있을까 치열하게 고민합니다. 부모가 되면 이러한 절박한 고민은 본능적으로 찾아옵니다. 그렇게 고민하다 보면 자연스럽게 부모인 내가 더 나은 사람이 되어야겠다는 결론에 도달합니다. 더 나은 아빠가 되기 위해 삶의 모든 영역에서 진지한 노력을 기울이게 됩니다.

이는 지금 하는 일 말고도 다른 분야를 공부하거나 새로운 일을 배우는 계기가 되기도 합니다. 이 과정은 결국 나 자신이 어떤 사람인지 또렷하게 알려주는 여정이자 뜻밖의 재능을 발견하게 되는 계기입니다. 아빠가 되기 전에는 알지 못했던 제 모습을 더 입체적으로 알아가는 과정을 겪습니다. 그런 것들을 하나씩 발견하고 깨우쳐 나가는 일은 인생의 큰 재미이자 행복입니다.

결혼 생활의 가장 큰 선물은 자녀라고 생각합니다. 아이를 키울 수 있다는 것만으로도 결혼은 인생에서 충분히 가치 있습니다. 요즘은 결혼을 하고 싶어도 못하는 사람들, 아이를 갖고 싶어도 갖지 못하는 사람들이 많아서 쉽게 꺼내기에는 어려운 주제이지만, 부모가 된다는 것은 무엇과도 바꿀 수 없는 삶의 축복이자 깨달음의 여정이라 생각합니다.

저희 부부의 신혼은 장밋빛이지만은 않았습니다. 작은 원룸에서 간신히 결혼 생활을 시작했을 때 저는 어렵게 운영하던 가게 문을 닫아야 하는 상황이었습니다. 결혼 시작과 동시에 경제 활동이 중단되는 상황은 매우 암울했습니다. 그래서 저희 부부는 아이를 늦게 가지기로 했지요. 하지만 세상일이 그렇듯 계획대로 흘러가지 않았고 마음의 준비가 안 된 상태에서 첫 아이 준호를 맞이했습니다.

이때를 생각하면 지금도 아내와 아들에게 미안한 마음입니다. 아내가 임신 소식을 알렸을 때, 저는 온전하게 기뻐하지 못했거든요. 티를 내지는 않았지만 마음 한편에서는 두려움이 들었습니다.

'아직은 아닌데…'

아이들을 좋아했고, 언젠가는 아빠가 되리라 생각했지만 준비되지 않은 상황에서 막상 임신 소식을 들으니 무서웠습니다.

아내는 만삭 때까지 회사에 출근했고 저도 가게가 정리될 때까지는 운영을 이어 갔습니다. 10개월이 지나고 드디어 아들 준호가 태어났어요. 병원에서 준호를 처음 본 순간을 결코 잊지 못합니다. 너무 예뻤어요. 눈에 넣어도 안 아프다는 말을 실감하면서 벅차오르던 마음이 지금도 생생합니다. 좁은 집에서 그 예쁜 아이를 키웠지만 행복에 젖어 지내기에는 충분했습니다.

아기가 태어나면 남자는 철이 듭니다. 준호가 태어났을 때 제 나이 32살이었는데 나름 험난한 20대를 겪었던 터라 자신을 어른스럽다고 생각했지만, 결코 아니었습니다. 집에 돌아오면 아이가 있다는 사실에 매 순간 정신이 바짝바짝 들었습니다. 이전과는 완전히 차원이 다른 책임감이 느껴졌습니다.

한편으로 보면 이러한 절박함은 삶에 강한 추진력을 불어넣습니다. 우리 부부는 요새도 그런 이야기를 나눕니다. 만일 신혼 초에 아이를 갖지 않고 둘이서만 지냈더라면 지금처럼 자리 잡고 살 수 있었을까, 하고요. 아내도 출산 후 얼마 지나지 않아 복직했고 전보다 더 열심히 일했습니다. 노력 덕분인지 운 좋게 승진도 빨랐고 높은 자리로 오를 수 있었습니다. 저 역시 가게를 정리하면서 새로운 일을 빠르게 모색했습니다.

그 시기에 저는 목수 일을 선택했습니다. 일을 배우기 위해 불철주야 뛰어다녔습니다. 전국의 실력 있는 목수 반장님들을 찾아다니며 배운 덕분에 몇 년 만에 자리를 잡아 팀을 꾸려 일할 수 있었지요. 위낙 거칠고 힘든 일이었으나 개의치 않고 묵묵히 일해 나갔습니다. 이제 아버지가 되었으니까요. 처음 일을 배울 때는 자존심도 많이 상했지만 그런 것쯤은 아무렇지도 않게 털어버릴 수 있었습니다. 제가 지켜야 할 아이가 있었기 때문에 가능했습니다.

저희 부부도 그랬지만 자녀의 존재 덕분에 사회에서 빠르게 자리 잡아가는 경우를 종종 봅니다. 중학교 동창 한 녀석도 그랬습니다. 학교 다닐 때나 사회에서나 제대로 하는 일 없이 한량처럼 지내 주위의 우려를 한몸에 받던 친구였지요. 그러다가 26살쯤에 아이가 생겨 급히 결혼을 하더라고요. 친구의 결혼을 축하했지만 우려는 더욱 짙어질 수밖에 없었죠.

그런데 친구는 아이가 생기더니 우유 배달 일을 시작했습니다. 주위의 우려를 불식시키듯 몇 년 넘도록 일을 지속했고 결국 우유 대리점을 3개나 운영하는 사장님이 되었습니다. 지금은 세 아이를 멋지게 키워가는 어엿한 가장이지요. 친구는 아이들이 없었더라면 이렇게 빠르게 자리 잡지 못했을 거라고 제게 말해주었습니다.

부모가 된다는 것은 무엇과도 바꿀 수 없는
삶의 축복이자 깨달음의 여정입니다.

전장터의 한가운데에 선 남자
결혼해서 아이를 키우면 안정이 된다?

결혼해서 아이를 키우고 살면 삶이 안정된다고들 말합니다. 하지만 제 생각은 조금 다릅니다. 육아 현장은 전장을 방불케 합니다. '안정'이라는 단어와는 거리가 멀지요.

"아이를 키워야 안정이 된다."

이 말을 조금 다르게 해석하면 이렇게 됩니다.

"아이를 키워야 끊임없이 성장한다."

영화 〈라이프 오브 파이〉에는 육아의 현장을 묘사한 듯한 장면이 나옵니다. 주인공 '파이'는 호랑이 '리처드 파커'와 작은 보트 위에 남겨져 망망대해를 지나죠. 호랑이와 한 배를 탔다니, 그야말로 환장할 노릇입니다. 그 작은 배 위에서 자기 한몸 건사하기도 쉽지 않은데, 호랑이까지 있으니 말입니다.

파이는 호랑이에게 잡아먹히지 않기 위해 악착같이 머리를 쓰면서 끊임없이 움직입니다. 바다와 호랑이로부터 자신을 지켜내기 위해 사투를 벌입니다. 결국 주인공은 끝까지 살아남을 수 있었는데, 저는 '호랑이' 덕분이라 생각합니다. 역설적으로 호랑이라는 존재가 있었기 때문에 긴장의 끈을 놓지 않을 수 있었고 생존할 수 있었던 것입니다. 저는 이 영화를 보면서 호랑이가 마치 '자녀' 같다고 생각했습니다. 바다는 '인생', 작은 보트는 '가정'이지요.

자녀를 키우는 일은 힘들고 어렵습니다. 평탄하던 삶이 험난해질 수도 있습니다. 하지만 역설적으로 그렇기 때문에 끊임없이 성장할 수 있는 원동력이 됩니다. 나태하고 게을렀던 사람이 자녀가 생긴 후로 정신 차리고 열심히 살아서 발전하는 경우를 정말 많이 봤습니다. 사랑스럽고 예쁜 내 아이를 보고 있으면 게으르거나 도태되기 정말 어렵습니다. 누가 시키지도 않았는데 미래를 치열하게 고민하게 되고, 어떻게 하면 지금 하는 일을 더 잘할 수 있을까 생각할 수밖에 없습니다.

나태하고 게을렀던 사람도 자녀가 생긴 후로 정신 차리고
열심히 일해 발전하는 경우는 성말 많습니다.

아이로 인한 뜻밖의 재능 발견 '유튜브'
말하고 싶고 소통하고 싶은 욕구

저희 부부는 2019년 8월에 또 한 명의 천사를 얻었습니다. 둘째 시아가 태어났지요. 저희 부부는 더욱 열심히 살아야겠다고 다짐했습니다.

지금 운영 중인 유튜브 채널 〈감성대디〉도 시아 덕분에 탄생했습니다. 시아가 태어나지 않았더라면 유튜브를 할 생각도 못했을 겁니다. 아내는 시아를 낳고 6개월 남짓 지나 복직했습니다. 저희는 긴 상의 끝에 제가 집에서 아이들을 돌보기로 했습니다. 무리해서 맞벌이하기보다는 넷이서 오순도순 보낼 수 있는 소중한 시간을 만들기로 했지요.

그런데 아무리 그렇게 합의했어도 남편인 제가 경제 활동에 전혀 기여하지 않는 게 은근히 마음 쓰였습니다. 그런 고민 끝에 떠올린 것이 유튜브였습니다. 육아 때문에 집 밖으로는 거의 못 나가고 아이들하고만 지내다 보니 답답하기도 했고, 나중에는 살짝 우울증까지도 왔습니다. 말하고 싶고 소통하고 싶은 욕구도 하나의 이유였습니다.

제가 워낙 말하기를 좋아하다 보니까 실천하기까지 오랜 시간이 걸리지 않았습니다. 저렴한 핀 마이크와 스마트폰 스탠드를 곧바로 주문했습니다. 그리고 작은 마이크에 대고 제 이야기를 꺼내놓기 시작했습니다. 유튜브를 시작할 때만 해도 둘째 기저귓값, 분윳값 정도만 벌면 좋겠다고 생각했습니다. 그런데 뜻하지 않게 구독자가 빠르게 늘면서 많은 사람들의 사랑받는 채널이 되었습니다.

만일 둘째가 태어나지 않았더라면 감히 유튜브를 할 생각도 못했을 것 같습니다. 자녀라는 존재는 사람을 끊임없이 고민하고 발전하게 만듭니다.

자녀라는 존재는 사람을 끊임없이 고민하고 발전하게 합니다.

육아는 얼마나 힘들고 고통스럽나?
대롱대롱 매달려 있는 아기

첫째 준호가 태어났을 때 저와 아내 모두 일했기 때문에 어린이집에 들어갈 때까지 부모님이 아이를 돌봐주셨습니다. 주중에는 부모님, 주말에는 저희 부부가 돌보는 식이었기에 그리 버겁지 않았습니다. 몇 년 뒤에 둘째 시아가 태어났을 때는 상황이 많이 달라졌습니다. 부모님의 도움을 전혀 받지 않은 채 순전히 저희 힘으로 키우게 되었지요. 아내의 산후조리를 돕고 준호를 돌보면서 동시에 시아를 키웠습니다. 정말이지 제 인생에서 손꼽을 만큼 정신적으로나 육체적으로 많이 힘들었던 시기였습니다.

육아를 해본 적 없는 사람들이 오해하는 부분이 있습니다. 육아는 육체적 힘만 많이 드는 일이라고 말이죠. 틀린 말은 아닙니다. 육아는 많은 체력을 필요로 합니다. 하지만 체력 말고도 보이지 않는 정신적 에너지가 더 많이 필요합니다.

제 경험으로 보면 육아가 힘든 가장 큰 이유는 생활 패턴의 변화입니다. 기본적으로 잠을 제때 못 자고, 밥을 제때 못 먹습니다. 이 변화가 사람을 미치게 만듭니다. 저는 시아를 키우면서 돌이 지나서까지 단 한 번도 제시간에 밥을 먹어본 적이 없습니다. 제때 끼니를 못 챙기니까 중간중간 견과류, 과일, 셰이크 등으로 때웁니다. 게다가 아무리 배가 고프고 피곤하더라도 아이 곁을 떠날 수 없습니다. 어떻게든 아이가 낮잠을 잘 자도록 옆에서 돌보아야 합니다. 만일 아이가 낮잠을 충분히 못 자는 날에는 더욱 고된 하루가 될 것이 분명하니까요.

낮잠에서 깬 아이와 한참을 놀아주다 보면, 이젠 목욕이 기다리고 있습니다. 틈틈이 빨래도 해야 하고요. 그렇게 금방 오후 8시, 9시가 됩니다. 아이들을 재우는 일도 간단하지 않습니다. 자려고 누운 시아에게 조곤조곤 이야기를 건네는데 첫째가 갑자기 큰소리로 노래를 부르거나 장난감을 가지고 놀지요. 얼른 상황을 정리하고 다시 시아를 간신히 재웁니다. 아이가 아침까지 깨지 않고 푹 잔다면 얼마나 좋겠냐마는 보통은 그렇지 않습니다. 새벽에 두세 번 정도는 깨고 그때마다 달래주고 기저귀를 갈아준 후 다시 재웁니다. 이렇게 부모의 수면 시간은 항상 부족해집니다.

많은 분들이 제 덩치를 보고 육아가 덜 힘들겠다고 말합니다. 체력이 좋으니 비교적 수월하리라고 생각하지요. 그렇지만 직접 해보니 육아는 체력만으로 잘할 수 있는 일이 아닙니다. 저처럼 건장한 남자도 이 정도로 힘든데, 저보다 작고 어린 여자들이 홀로 육아를 거뜬히 해내는 모습을 보면 깊은 존경심이 저절로 우러나옵니다.

"여자는 약하지만 어머니는 강하다."

이 말이 괜히 나온 것이 아닙니다. 육아하는 엄마들을 지켜보면, 분명 엄마에게는 아빠에겐 없는, 설명할 수 없는 에너지가 있습니다.

육아가 힘들 수밖에 없는 다른 이유는 신경이 예민해지기 때문입니다. 설거지를 하고 있어도 혼자 거실에서 놀고 있는 아이에게 온 신경이 쏠립니다. 청소하다가도 느낌이 이상해서 방에 들어가 보면 아이가 2층 침대에 올라가 대롱대롱 매달려 있기도 합니다. 어디에서 무얼 하든 무의식적으로 아이에게 신경이 가야 하니 정신적 에너지 소모가 무척 큽니다.

가끔 부모님이 아이를 봐주십니다. 그러면 오랜만에 시간이 생겼으니 한동안 못했던 운동이나 약속을 잡으려 합니다. 그런데 대부분은 몸살기가 올라와 아무것도 못했습니다. 시아를 부모님께 맡긴 순간부터 몸이 으슬으슬 떨려오지요. 그런 날엔 꼼짝 못하고 소파에 누워 있어야 합니다. 시아와 함께 있는 동안 온몸이 긴장하고 있다가 부모님이 시아를 데려가면 긴장이 한꺼번에 풀리는 것입니다.

저보다 작고 어린 여자들이 홀로 육아를 거뜬히 해내는 모습을 보면 깊은 존경심이 저절로 우러나옵니다.

호환마마보다 무서운 육아 우울증
그 뒤에 순수한 기쁨이 찾아온다

그런 생활을 몇 개월 동안 반복했습니다. 결국 뉴스에서만 듣던 육아 우울증이 제게 찾아왔습니다. 그런데 아빠인 제가 육아 우울증을 겪었다고 이야기하기는 매우 조심스럽습니다. 열 달 동안 아기를 품고 살을 찢어 낳은 엄마들 앞에서 할 이야기가 아니라는 생각이 들거든요.

대체로 여성은 출산 후 아무리 산후조리를 잘하더라도 몸이 예전 같지 않다고 합니다. 호르몬의 변화도 크고 몸매도 쉽게 변하는 상황이니까요. 아이를 낳지 않은 데다가 운동을 오래해 온 저조차 이렇게 힘든데, 엄마들은 얼마나 힘들지 감히 짐작도 할 수 없습니다.

아내와 긴 시간 논의하면서 제가 전업하기로 마음먹은 배경이 있습니다. 바깥 활동을 그리 좋아하지 않고, 집에 머무는 것을 선호해서 '선업주부가 되어도 그렇게 힘들진 않을 거야'라고 생각했지요.

그런데 집에서 아이를 돌보는 일상이 몇 년간 계속되자 제게도 우울증이 찾아오더라고요. 만나고 싶은 사람도 못 만나고 밥도 제때 못

먹으니 답답함이 쌓여갔습니다. 그 마음을 어떻게든 풀고 싶어 유튜브에 끌렸는지도 모릅니다. 누구에게라도 말을 걸고 싶었습니다. 그래서 영상을 구상하고, 촬영하고 편집하는 생활을 시작했습니다. 물론 아이들을 모두 재운 후에나 작업할 수 있었고, 그러다 보면 새벽 5시가 되어서야 겨우 한두 시간 눈을 붙였습니다. 그러고 나서 오전에는 다시 육아하는 생활을 2년 넘게 하고 있지만 후회하지 않습니다.

제 경우는 그나마 유튜브에 재미가 붙어 육아와 병행할 정도가 되었습니다. 몸은 더 피곤해도 활력이 생겼습니다. 그러나 육아 우울증이 심해져 극단적 선택을 하는 경우를 뉴스를 통해 접할 만큼 육아는 정말 녹록지 않습니다. 직장에서 일하며 돈 벌기도 힘든 일이지만 육아는 참으로 또 다른 세계입니다.

누군가는 이렇게 묻습니다.

"그렇게 힘든 육아를 왜 자처해? 아이를 안 낳으면 되지 않나?"

그러나 날 닮은 아이를 키우는 일은 말로 표현할 수 없는 감격을 선사합니다. 아이가 커가는 모습을 하루하루 지켜보면 순전한 삶의 행복이 무엇인지 알게 됩니다. 세상에 태어나서 경험할 수 있는 최상의 행복이라고 감히 말하고 싶습니다.

만일 제가 아이를 갖지 않았더라면 무척 자유롭게 지냈겠지요. 좋아하는 취미 생활을 실컷 하고 여행도 마음껏 다니면서 말입니다. 지금보다 더 윤택했을지도 모릅니다. 그런데 지금 저에게 준호와 시아가 없다면? 상상만으로도 끔찍합니다. 인생이 얼마나 무미건조했을지 불 보듯 빤하니까요.

출산을 앞둔 사람들의 고민을 듣다 보면 육아 우울증에 대한 우려를 많이 접합니다. 그 걱정을 충분히 이해합니다. 그러나 조금은 걱정을 내려놓으라고 권해드립니다. 육아는 정말 고된 일이기는 하지만, 모든 힘듦을 상쇄하고도 남을 순전한 기쁨을 얻을 수 있기 때문입니다. 큰 행복이 기다리고 있습니다.

육아는 정말 고된 일이지만 모든 힘듦을
상쇄하고도 남을 순전한 기쁨을 얻을 수 있습니다.

9
~
가족은 평생의 짐?

가장 가까운 부모에게서 상처를 받는 상황만큼 안타까운 일도 없습니다. 자녀에게 가장 위대하고 고마운 존재가 정작 그 자녀를 힘들게 할 때, 그 고민의 무게는 엄청나게 커집니다. 그러나 누구나 어머니, 아버지가 되면 부모님의 행동 배경들이 하나씩 보이기 시작합니다. '나를 낳아준 분'으로 보기 이전에 한 명의 여자, 한 명의 남자로 보는 것이죠. 그러면 관점이 많이 바뀝니다.

부모와의 갈등은 하늘이 내린 것
엄마 아빠는 '웹툰은 만화'라고 생각한다

유튜브 구독자들이 보내는 고민 사연 중 단골 소재는 '부모와의 관계'입니다. 더 구체적으로는 대부분 '부모의 반대'에 관한 것입니다.

"하고 싶은 일이 있는데 부모님이 반대해요."

결론부터 말하면, 하고 싶은 게 있다면 꼭 해보세요. 부모님의 반대가 있다면 어떻게든 극복하세요. 부모님은 낳아주고 길러준 고마운 분이지만 자녀의 모든 것을 다 알 수는 없습니다. 성격이나 성향 등은 알아도 자녀가 무엇을 할 때 행복한지를 다 알기란 어렵습니다. 이런 것은 오직 자신만이 제대로 알고 발견할 수 있습니다.

저도 어렸을 때 어머니께 큰 상처를 받은 일이 있습니다. 초등학생 시절 야구를 무척 좋아했는데 저희 동네 딱 한 군데 초등학교에만 야구부가 있었지요. 야구를 제대로 하고 싶어 그 학교로 전학시켜 달라고 부모님을 졸랐으나 단칼에 거절당했습니다. 공부 열심히 해서 좋은 대학 가는 것 외에는 용납되지 않던 집안 분위기 때문이었습니다.

5학년이 되었는데도 여전히 야구가 하고 싶었던 저는 한 가지 아이디어를 떠올렸습니다. 저처럼 야구를 좋아하는 친구들의 서명을 받아 교장 선생님께 야구부를 만들어 달라고 건의하기로 한 것입니다. 저는 학년을 막론하고 모든 반에 찾아가 30여 명의 서명을 받아 냈습니다. 이제 그 아이들이 부모님의 서명까지 받아오면 교장 선생님을 찾아갈 참이었습니다.

　집에서 명단을 정리하고 있는데 때마침 어머니가 제 모습을 보셨습니다.

　"뭘 하고 있니?"

　"학교에 야구부를 만들고 싶어 서명을 받고 있어요"

　천진하게 대답했죠. 그런데 어머니는 크게 화를 내며 명단을 찢어버렸습니다. 쓸데없는 짓거리 말고 공부나 하라는 말씀을 덧붙이면서요.

　그때의 충격을 아직도 생생히 기억합니다. 어린 마음에 큰 상처였으니까요. 지금 생각하면 제가 교장 선생님께 건의했어도 야구부가 쉽게 생기지는 않았을 것 같습니다. 하지만 그와 별개로 어머니가 아들의 야심 찬 프로젝트를 응원해주었더라면, 하는 아쉬움은 여전히 남아있습니다.

　훗날 세월이 한참 지나 어머니께 그 일을 기억하냐고 물었습니다. 그렇게까지 화낸 이유가 궁금했어요. 그런데 어머니는 갸웃하면서 이렇게 대답했습니다.

　"언제 그런 일이 있었지?"

그러면서 전혀 기억나지 않는다고 덧붙였습니다. 제게는 어린 시절을 통틀어 손꼽힐 만큼 충격적인 사건이었는데도 어머니는 기억조차 없으셨던 것입니다.

이와 비슷한 경험은 더 있었습니다. 저희 누나는 춤과 노래에 탁월한 재능이 있었습니다. 장기자랑에 나가면 언제나 환호를 받을 정도였죠. 예능적인 끼도 엄청났지만 공부도 잘했습니다. 고등학교 3년 내내 쉬엄쉬엄 공부하다가 고3 막바지에 바짝 열심히 하더니 소위 명문여대에 입학할 정도로 수재였죠. 그런 누나가 나중에 가족들과 술자리에서 이런 이야기를 꺼냈습니다.

"엄마, 사실 고등학생 때 예체능 분야로 꼭 가고 싶었는데, 엄마가 반대했던 게 내심 아쉬웠어."

그때도 어머니는 깜짝 놀라며 되물으셨습니다.

"그런 일이 있었니? 나는 전혀 몰랐는데."

누나가 춤과 노래를 좋아한 것은 알았지만 예체능 진학을 진지하게 생각했다는 사실은 기억하지 못했습니다.

여기까지의 이야기를 보면 저희 어머니가 나쁜 부모 같지만 그건 아닙니다. 친구나 선후배들과 대화하다 보면 비슷한 경우들이 꼭 하나씩은 있습니다. 아무리 부모라 하더라도 자녀가 적극적으로 의사를 표현하기 전에는 모든 것을 알 수는 없습니다. 그렇기에 부모 입장에서는 자녀의 결정으로 인해 충격을 받기도 합니다. 제가 사진을 그만두고 음악을 하겠다고 부모님께 말씀드렸을 때도 그랬지요. 그때 부모님은 제가 음악에 관심 있는 줄은 꿈에도 몰랐다고 하셨어요. 자신의 아들은 평생 사진 일을 하리라 짐작하셨다고 했지요.

어쩌면 당연한 일입니다. 특히 자녀가 사회 생활을 시작하면(더 빠르면, 사춘기를 지나면) 부모와의 대화는 급격히 줄어듭니다. 마음속 깊은 이야기는 말할 것도 없지요. 그러다 보니 부모는 자녀가 누구를 만날 때 진정 행복한지, 어떤 일을 할 때 깊은 충족감을 느끼는지 세세하게 알 수 없습니다. 따라서 진로를 모색하는 일이나 평생의 동반자를 찾는 일처럼 중요한 것들은 반드시 본인이 결정해야 합니다.

물론 부모의 말을 무시하라는 뜻이 아닙니다. 부모의 조언에는 자녀가 잘되기를 바라는 깊은 애정이 담겨 있습니다. 그런 만큼 귀 기울여 들을 이야기가 분명 있습니다. 이를 참고하되 결국 결정은 본인이 내려야 합니다.

현재 뉴욕의 병원에서 간호사로 근무하는 지인이 있습니다. 유튜브 채널 '널스지'를 운영하는 이분은 삼성전자를 3년 반 동안 다닌 경험이 있습니다. 남들이 부러워 마지않는 대기업을 다녔으나 전혀 행복하지 않았다고 합니다. 진로를 다시 탐색하다가 과감히 사표를 내고 미국으로 어학연수를 떠납니다. 그러던 중 뒤늦게 간호학에 깊은 흥미를 느끼고 병원 취업까지 이어졌지요. 미국인 아내를 만나 예쁜 딸도 낳고 지금은 누구보다도 행복하다고 합니다. 그렇지만 이분이 삼성을 그만두고 미국행을 결정했을 때 집안의 반대는 분명 엄청났을 것입니다. 물론 그 반대에 못 이겨 직장을 계속 다녔다면 결코 행복에 가까워지지 못했겠지요.

매사에 부모의 의견과 판단만 따르면, 부모 입장에서도 자녀가 홀로서기를 어려워한다고 여겨 끊임없이 자녀의 일에 개입하는 악순환이 벌어집니다. 지금 당장은 부모의 지원을 받아야 하는 형편이라도 점차 정신적으로 독립할 수 있도록 나아가야 합니다.

한 구독자가 비슷한 고민을 털어놓은 적이 있습니다. 잘 다니던 학교를 자퇴하고 웹툰 작가의 길을 가고 싶은데 역시 부모의 반대가 만만치 않았습니다. 이러한 상황에 놓였다면 스스로 진지하게 진로를 고민한 후 새로운 방향성을 부모님께 일목요연하게 전달할 수 있어야 합니다. 충분한 고민을 거친 다음 자신의 뜻을 명확히 보여줘야 하지요. 그러지 않는다면 부모 입장에서는 '얘가 갑자기 무슨 바람이 들어서 이러나?' 정도로 치부하기 쉽습니다.

새로운 일에 도전하고 싶다면 부모에게 자기 의사를 분명히 전달하세요. 명확히 전달하면 부모님도 그 이야기를 진지하게 경청할 것입니다. 그러니 웹툰 작가가 되려면 무엇을 어떻게 준비해야 하는지 충분히 검토하고, 그 일의 비전이나 수입에 관해서도 세밀하게 살펴야 합니다.

부모가 자녀의 뜻을 반대하는 이유는 여러 가지가 있겠지만, 시대가 빠르게 바뀌는 탓도 있습니다. 세상은 정말 빠르게 변화합니다. '웹툰'이라는 말을 들었을 때 '만화'에 대한 부모 세대의 편견이 반영되어 반대할 수도 있어요. 고생만 잔뜩 하고 비전은 없는 일로 생각할 수 있다는 뜻입니다. 세대 간 정보 습득에 대한 차이를 인지하고, 이 부분을 영민하게 설득할 수 있어야 합니다. 이 모든 것은 꿈을 이루기 위한 하나의 작은 관문일 뿐입니다. 이렇게 진중한 태도로 부모님을 설득한다면 충분히 귀 기울여 들어주고 응원해주시지 않을까요.

부모와의 관계에 대해 덧붙이고 싶은 이야기가 있습니다. 자식이라는 이유로 부모의 경제적 지원을 당연하게 여겨서는 안 됩니다. 특히 성인이라면요. 돈이 아주 많은 집이 아니고서는 부모가 당신들 쓰실 것 안 쓰면서 자녀를 지원하신다는 사실을 빨리 깨달아야 합니다. 부모의 지원을 꼭 갚아 나가겠다는 태도로 살기를 바랍니다.

아무리 부모라 하더라도 자녀가 적극적으로
의사를 표현하기 전에는 모든 것을 알 수는 없습니다.

자식에 대한 기대와 원망
하나의 현상만으로 자식을 평가한다면…

한 번은 아들을 독립시킨 어머니가 고민을 보내왔습니다. 독립할 때까지 있는 힘껏 뒷바라지했는데, 아들이 경제적으로 독립한 뒤로 용돈을 주지 않아 섭섭하다는 사연이었죠. 사실은 용돈도 용돈이지만 이제는 거의 남남처럼 연락도 뜸한 아들에게 너무 서운하다고 하셨습니다.

자녀를 얼마나 사랑으로 키우셨는지 듬뿍 묻어나는 고민이었습니다. 어떤 심정일지 충분히 느껴질 정도로요. 힘들게 키운 자식이 독립하더니 남이 되어버린 듯한 기분이라면 얼마나 울적할까요. 실상 제가 그런 아들이었습니다. 특히 20대 때는요. 진로와 취업, 연애와 미래 걱정으로 부모님을 신경 쓸 겨를이 없었습니다.

그렇지만 20대 자녀를 둔 부모들이 요즘 시대를 냉철히 바라보면 좋겠습니다. 시대를 알면 자녀의 상태를 더 정확히 볼 수 있을 테니까요. 고민을 보내주신 분은 환갑이라고 밝혀주셨는데, 현재 이 연배인

분들이 사회에 진출하던 때와 지금은 너무나 명확한 차이가 있습니다. 예전에는 외벌이로 월급만 꼬박꼬박 저축해도 집 한 채를 장만할수 있었습니다. 집값도 집값이지만 은행금리가 두 자리였고, 노력하면 앞으로 잘살 수 있다고 기대하던 시절이었습니다. 물론 당시라고해서 모두의 삶이 쉽진 않았지만요.

그다음 세대에 속하는 저는 1980년생입니다. 제 경우에는 집을 사기가 이전 세대보다는 어려워졌습니다. 그래도 부부가 맞벌이하면서열심히 돈을 모으면 어렵사리 집을 사는 게 불가능하진 않았습니다.

그런데 지금 2030 청년들은 어떤가요? 과장을 보태자면 제정신으로 살기 어려운 세대입니다. 저희 세대도 녹록지 않았지만, 지금 20대 친구들 앞에서는 차마 힘들다는 소리를 할 수 없습니다. 그건 양심이 없는 발언이에요. 저희 때만 해도 수도권 4년제 대학을 나오거나이름 있는 지방 국립대를 졸업하면 어느 정도 취업이 보장되었습니다. 물론 열심히 공부했다는 전제에서요. 그러나 오늘날 취업 환경은청년들에게 무척 가혹합니다. 요즘의 대기업 취업 경쟁률, 공무원 시험 경쟁률을 이전과 비교하면 극명한 차이를 보입니다. 취업뿐 아니라 결혼과 주거 마련 문제도 전에 없이 장벽이 높습니다. 많은 청년들이 이전 세대보다 야망이나 열정이 부족해서 삶의 중요한 요소를 포기하는 것이 아닙니다.

SNS가 크게 발달하면서 청년들의 박탈감도 커져가고 있습니다. 경제적으로도 풍요롭고 커리어도 자신 있는 젊은이는 극히 일부인데도 유독 SNS에서는 그런 사람들이 많아 보입니다. 그러니 대다수의 청년들은 박탈감을 느낄 수밖에 없고요. 자신이 아무리 애써도 가정 환경에서 비롯된 출발 격차를 도저히 좁힐 수 없다고 생각합니다.

지금은 사그라들었으나 한동안 '욜로'(Yolo: You only live once)가 화두였지요. 자신을 위해 현재 사치스러운 소비를 주저하지 않는 세태를 가리키는데, 그런 분위기가 왜 조성됐을까요? 미래를 구체적으로 그리기 어려워지니 삶의 가치관이 바뀌는 것입니다. 어렵게 모은 돈이지만, 그 돈으로 미래를 꾸려가기에는 버거우니 현재라도 즐기기 위해 소비하는 것이죠. 자신이 당장 원하는 것에 돈을 쓰자는 태도입니다. 이렇듯 시대 환경에 따라 삶에 대한 태도도 자연히 변합니다.

고민을 보내주신 분은, 아들이 용돈을 주지 않아 섭섭하다고 했지만, 사실 요즘 세대는 자기 몸 하나 건사하기 어려운 경쟁적, 경제적 환경에 처해 있습니다. 부모에게서 독립하는 것 자체가 큰 효도입니다. 지금의 20대는 그것만 해내더라도 삶에서 이룰 수 있는 전부를 이룬 거나 마찬가지입니다. 그러니 용돈을 주지 않는다는 사실 하나만으로 자녀를 평가하지 않으면 좋겠습니다.

저 역시 여전히 자녀인 입장에서 덧붙이고 싶습니다. 당연히 자주 연락드리고 찾아뵈면 좋지만 자녀 입장에서는 그게 생각만큼 잘되지 않습니다. 부모님도 그 시절을 겪어오셨잖아요. 자녀 입장에서는 일에 집중해 자신이 잘되어서 부모님께 직접 용돈을 드리거나 모시고 여행 가는 것이 효도라고 생각하게 됩니다. 저도 이제야 부모님을 모시고 여행도 가지만 20대 시절에는 제 한몸 건사하기도 어려웠습니다.

그러니 자녀를 다시 한번 바라봐주세요. 그들이 살아가는 세상은 전과는 완전히 다릅니다.

'내 아들이 이 험난한 세상에서 꿋꿋하게 살고 있구나.'

그렇게 안심하면서 그 자체만으로 박수와 응원을 보내주세요. 독립만으로도 충분한 효도입니다.

자녀가 부모에게 경제적 지원을 하지 않더라도
독립만으로도 충분한 효도입니다.

자녀로부터 독립하기
나는 나요, 자식은 자식이다

때가 되면 부모 또한 자녀로부터 정신적으로 독립해야 합니다. 이는 매우 중요하지만 유독 우리나라 사람들이 힘들어하는 문제이기도 합니다. 많은 부모들이 자녀를 품 안에서 떠나보내기를 어려워합니다. 그러나 때가 되면 자식이 부모에게서 독립해야 하듯 부모도 그래야 합니다.

부모의 행복 척도가 '자녀'인 경우가 너무 많습니다. 자녀의 일거수일투족에 부모의 불행과 행복, 인생 자체가 크게 좌우된다는 사실은 슬픈 일입니다. 자녀의 연락이 뜸해지더라도 그와 상관없이 부모도 이제 자신의 인생을 살아야 합니다. 아무리 자녀를 사랑으로 길렀다 해도 독립한 이상 그 인생을 스스로 살게 도와주세요. 그와 동시에, 자녀를 독립시켰다면 다시 자기 인생을 집중해서 살면 좋겠습니다. 자녀의 빈자리만 계속 응시한다 해서 아무것도 달라지지 않습니다.

제가 미국에서 작은 가게를 할 때 단골인 중년 부부가 있었습니다. 직접 구운 쿠키를 제게 자주 선물할 정도로 가까운 사이였습니다. 어느 날 부부는 드디어 이사를 갈 수 있다며 매우 기뻐했습니다. 이유를 물어보니 막내아들이 드디어 대학을 졸업했답니다.

"우리 부부는 이제 정말로 자유랍니다."

태국에 집을 마련해두었는데 그곳에서 둘만의 여생을 보낼 계획이라고 덧붙였지요. 부모의 의무에서 해방되었고, 이제 당신들의 삶을 온전히 살겠다는 태도가 무척 멋져 보였습니다.

우리나라 가정의 모습도 조금씩 바뀌어야 하지 않을까요. 언제까지고 자녀를 품고 살 수는 없습니다. 또한 그들이 독립할 수 있도록 지원했다면 어느 시점에는 그 의무로부터 해방되어야 합니다. 더불어 자녀로부터 정신적으로 독립해야 하고요. 자녀 입장에서도 부모님이 당신 인생을 사는 모습을 보면 말로 다할 수 없는, 경제적 지원보다 더 큰 안정감을 느낍니다. 자녀로부터 독립하고 안정적으로 지내는 부모의 모습이 진정한 유산입니다.

자녀로부터 독립하고 안정적으로 지내는 부모의 모습이
진정한 유산입니다.

도저히 이해 가지 않는 부모의 행동
그들이 살아왔던 세월을 받아들이라

아버지의 철없는 행동 때문에 괴롭다는 사연을 받았습니다. 부모로서 존경스러운 모습은커녕 울화가 치미는 행동을 자주 하셔서 어떤 태도를 취해야 할지 모르겠다는 내용이었지요.

이처럼 가장 가까운 부모에게서 상처를 받는 상황만큼 안타까운 일도 없습니다. 자녀에게 가장 위대하고 고마운 존재가 정작 그 자녀를 힘들게 할 때, 그 고민의 무게는 엄청나게 커집니다. 아버지의 어떤 행동이 그분을 그렇게 힘들게 했는지 감히 짐작도 되지 않지만, 저역시 어렸을 땐 부모의 행동이 이해되지 않아 힘들었던 경험이 많았습니다. 그런데 마흔을 넘기고 아이 둘을 키우는 입장이 되어 보니 이해되지 않던 부모의 행동 배경들이 하나씩 보입니다.

나이가 든 뒤로 저는 부모님을 각 개인으로 바라보려 노력하는 편입니다. '나를 낳아준 분'으로 보기 이전에 한 명의 여자, 한 명의 남자로 보는 것이죠. 그러면 관점이 많이 바뀝니다.

저희 어머니는 21살, 아버지는 27살에 결혼했습니다. 그 어린 남녀가 만나 인천 부평에 단칸방을 얻고 악착같이 돈을 벌어 두 자녀를 키워냈습니다. 제가 고등학생일 때 어머니 나이가 마흔도 안 되었다는 사실을 떠올리면 깜짝 놀랄 때가 있습니다. 이제 마흔인 제가 어린 두 아이를 키우기도 상당히 힘에 부치는데 그때 어머니는 어떠셨을까요.

저는 이제야 그 시절 어머니의 나이가 되었습니다. 그리고 지금 제가 부모로서 충분한지 자문해보면 아직 부끄럽습니다. 여전히 불완전하고 배울 게 한참 많은 사람일 뿐입니다. 좋은 아빠가 된다는 것이 어떤 의미인지 이제야 조금씩 알아가는 듯합니다.

이렇게 생각하면 부모님의 신혼 생활이 새롭게 보입니다. 표현이 조금 이상할 수 있지만, 얼마나 대견한 부부인가요. 이렇게 부모님을 개인으로 바라보면 이해되지 않던 행동들이 하나둘씩 받아들여집니다. 부모님도 그만큼 어렸기 때문에 어설플 수밖에 없었음을 이해하게 됩니다. 부모 역할이 처음이니까 당연히 실수도 하고 잘못도 하지요. 부모에 대한 환상을 과감하게 내려놓으세요.

부모는 성인군자가 아닙니다. 언제나 올바른 행동만 할 수는 없습니다. 부모에 대한 아쉬움이 없을 수는 없겠지만 그분들도 최선을 다해서 치열하게 우리를 돌보셨다고 받아들여야 합니다. 그러면 감사하는 마음이 더 기길 기예요.

물론 폭력과 폭언을 일삼는 부모라면 이야기가 달라지겠지만, 그런 게 아닌 작은 단점들은 자녀가 너그러이 이해해야 합니다. 부모를 미워하는 마음이 드는 사람들이 생각보다 많습니다. 그 마음을 잠깐만 넣어두고 부모를 한 개인으로 바라볼까요? 그리고 그들이 어떤 인생을 살아왔는지 천천히 짚어보세요.

'엄마는 어릴 때 어떤 학생이었을까?'
'아빠는 군 생활을 할 때 얼마나 힘들었을까?'
'나를 낳으셨을 때 두 분은 몇 살이셨고, 부모로서 어떤 막막함이 있었을까?'
'이제 환갑인 아빠에게 어떤 허탈감이 있을까?'
'살면서 받았던 상처는 제대로 치유받으셨을까?'

이러한 질문과 마주해보면 부모를 더 객관적으로 볼 수 있게 됩니다. 이런 마음을 품고 부모님과 술 한잔 기울여 보세요. 지금껏 차마 꺼내지 못했던 이야기를 나눠주실지도 모릅니다.

사연 없는 가정은 없습니다. 부모의 단점과 부족함 때문에 힘들다고 호소하는 사람들에게도 타인은 모르는 각자의 사연이 존재합니다. 하지만 저도 아이들을 키우는 부모가 되어보니 자연스레 부모도 그저 부족한 사람이라는 생각이 듭니다.

자녀가 진심으로 부모의 삶을 헤아리고 먼저 손 내밀어 껴안아 줄때, 나를 힘들게 했던 아버지의 태도도 바뀔 것입니다.

나의 부모를 '나를 낳아준 분'으로 보기 이전에 한 명의 여자,
한 명의 남자로 보세요. 그러면 관점이 많이 바뀝니다.

10

친구는 동반자? 걸림돌?

진실된 친구 사이란 커다란 노력이 더는 필요하지 않은 관계입니다. 허례허식 없어도 마음을 터놓을 수 있고, 관계를 치장하지 않아도 기꺼이 마음을 내주는 사이. 나는 나답게, 너는 너답게 다가가도 서로 마음이 통해야 친구입니다. 그렇게 되기까지는 진실한 노력이 필요합니다.

친구를 때렸던 이유
친구의 진짜 의미는 무엇일까?

당신에게 '친구'는 어떤 의미인가요? 부천에서 태어난 저는 자연스럽게 부천에 있는 초등학교와 중학교를 졸업했죠. 일반적으로 이 과정에서 만난 동급생을 '친구'라 부릅니다. 그런데 동급생과 동창생들은 제가 특정 의도로 만난 사람들이 아닙니다. 그저 같은 해에 태어나 같은 동네에서 자랐다는 우연한 요소가 겹쳐 만나게 된 사람들일 뿐이죠.

인간미 없게 들릴 수도 있겠지만 사실입니다. 그런데도 대부분의 사람들은 동창이라는 이유만으로 친구라 여깁니다. 자신이 살아가면서 얻는 가치관이나 취향과 무관하게 형성된 관계이지요. 따라서 인간적으로 친하지 않더라도 동창이라면 서로 친구로 여기고 그 관계가 꽤 오래 유지되는 모습을 볼 수 있습니다.

부끄러운 일이지만 중학교 1학년 때 같은 반 학생을 때린 적이 있습니다. 그 녀석이 제 농구공을 빌려갔다가 잃어버렸거든요. 제게 농구공을 사주겠다고 말해놓고는 뻔뻔하게 사주지 않았습니다. 어린 마음에 화가 나 그 녀석을 한 대 쳐버린 저는 결국 담임의 호출을 받고 교무실에 불려갔습니다. 담임은 이렇게 말했습니다.

"아무리 그래도 친구를 때리면 안 되지."

저는 곧장 맞받아쳤습니다.

"아니, 농구공을 빌려가서 안 주는 놈이 친구는 아니잖아요?"

누군가를 때리면 안 되지만 지금도 이 생각에는 변함이 없습니다. 제 딴에는 정말 그런 생각이 들었습니다. 담임의 말은 마치 동급생이니까 서로 친구이고, 친구 사이는 그래도 된다는 뜻으로 들렸습니다. 옆에서 대화를 듣고 있던 체육 교사가 "어디서 선생님께 말대꾸야!" 며 제 따귀를 때린 기억이 여전히 생생합니다.

이런 경험 덕분일까요. 저는 어려서부터 '같은 학교', '같은 반'이라는 이유로 모두 '친구'로 묶이는 문화가 이해되지 않았습니다. 이해가 되지 않으니 받아들이기도 싫었습니다. 어떤 가치를 공유했거나 함께 즐거운 추억을 만든 일도 없이 그저 '우리는 친구'라는 것이 이상했습니다.

그렇다 해서 학창 시절 친구가 전혀 없었던 것은 아닙니다. 중학생 시절 우연히 알게 된 타 학교 학생과 둘도 없이 친한 친구 사이가 되었습니다. 다른 동창들과 마찬가지로 우연한 계기로 만났지만 그와는 대화하면서 공통 관심사를 발견하고 함께 즐거울 수 있었거든요. 상대와 가까워지고 싶은 마음이 생기니 자연스럽게 정말 '친구'가 되었죠. 그는 마흔이 넘은 지금까지도 가장 친한 친구입니다. 그저 우연히 한 울타리에 있어서 알게 된 사람 말고, 제 마음이 움직여서 친구 삼고 싶은 사람 말입니다.

비슷한 이유로 저는 동창회를 그다지 좋아하지 않습니다. 아니, 싫어한다고 표현할 수 있겠네요. 중학교, 고등학교, 대학 동창회를 한 번씩은 가봤는데 그 이후로 다시는 안 갑니다. 물론 그 시절 정말 진한 우정을 나눈 사람들도 있을 것입니다. 그렇지만 대부분 사회인이 되면서 각자 살기 바빠 서로 소원해지기 마련입니다. 그런데 1차, 2차 술에 의지하고 분위기에 취해 합창을 하고는 하죠.

"우리는 영원한 친구야!"

비꼬려는 의도는 아니지만 제 눈에는 그런 억지스러운 건배사와 다짐의 풍경이 더욱 진정한 친구가 아니라는 반증으로 보였습니다. 진심으로 마음을 터놓고 지내는 사이라면 굳이 그런 소리를 입 밖으로 낼 필요가 없으니까요.

외국에서 거주한 경험과 비교해 보면, 우리나라는 유독 소속감을 강조하는 문화가 강합니다. 동창회뿐 아니라 온갖 모임이 존재하고, 그런 조직에서 이탈하면 불안을 느끼는 사회적 문화가 조성되어 있는 듯합니다.

> 그저 우연히 한 울타리에 있어서 알게 된 사람이 아닌
> 내 마음이 움직이는 친구가 참된 친구입니다.

오래된 친구가 과연 좋은 친구일까
친구라는 핑계로 선을 넘는 사람들

저는 오래 알고 지낸 사이라 해서 무조건 친구라고 여기지 않습니다. 그러나 사람마다 생각은 각기 다릅니다. '오래 알고 지내면 친구'라는 강력한 믿음을 갖고 꼬박꼬박 동창회에 참석하는 사람도 있습니다. 개중에는 순수했던 어린 시절부터 진실된 친구도 있겠지만 그보다 는 오래된 인연이라는 점을 핑계로 나이가 들어서도 선을 넘거나 무례한 사람들이 정말 많습니다. 상대의 말은 들으려 하지 않고 이기적 이고 제멋대로인 사람들까지 오랜 인연이라는 이유로 친구로 여기는 것은 안타까운 일입니다.

진실된 친구 사이란 커다란 노력이 더는 필요하지 않은 관계라 생각합니다. 허례허식이 없어도 마음을 터놓을 수 있고, 관계를 치장하지 않아도 기꺼이 마음을 내주는 사이. 나는 나답게, 너는 너답게 다가가도 서로 마음이 통해야 친구라고 생각합니다. 그리고 그렇게 되기까지는 진실한 노력이 필요합니다.

삶의 어느 시점에 서로 친밀했다 해서 그 관계가 영원히 유지되는 것은 아닙니다. 나이가 들고 자기 자리에서 치열하게 살다 보면 결혼, 이사, 직장 등으로 자연스레 연락은 줄어듭니다. 하지만 진정한 친구 사이는 그런 공백에도 불구하고 불쑥 연락해도 이전처럼 반갑고 친밀합니다. 관계는 상호작용이기 때문에 표현하지 않아도 마음이 느껴지기 마련입니다.

저는 서른 이후에 편하고 잘 맞는 새로운 관계들이 많이 생겼습니다. 나이 먹고 사회에 나와서도 서로 적정선을 지키면서 충분히 좋은 관계를 만들어갈 수 있습니다. 제 경우에는 오히려 동창들보다 사회에서 만난 친구들이 훨씬 더 살갑고 친합니다. 물론 이는 사람마다 다릅니다. 그러나 그저 오랫동안 알고 지냈다 해서 억지로 그 관계를 지키려 노력하지 않으면 좋겠습니다. 인생에서 우리는 언제든 진정한 친구를 만들 수 있으니까요.

나는 나답게, 너는 너답게 다가가도 서로 마음이 통해야 친구입니다. 그렇게 되기까지는 진실한 노력이 필요합니다.

내향적인 사람이 친구 만들기
먼저 자신의 열정을 키우라

어느 고3 학생의 고민을 받았습니다. 고등학생 시절 내내 내향적이어서 존재감이 너무 미미했다며, 앞으로 친구를 사귈 수 있을지 걱정이라 했습니다.

"왕따는 아니었는데… 무리 사이에서 투명인간처럼 지냈어요."

이처럼 내향적인 사람들은 성격 탓에 새로운 관계를 만들기 어려워합니다.

이러한 사람들에게 먼저 말해주고 싶은 점이 있습니다. 내향적이라는 것은 그저 하나의 특성일 뿐, 자신을 문제 있는 사람으로 여겨서는 결코 안 됩니다. 다른 사람들은 관계를 잘 맺는데 나는 왜 이러나, 의기소침할 필요가 없습니다. 관계를 형성하는 방식은 사람마다 다릅니다. 다를 뿐 틀린 것이 아닙니다. 내향적인 사람도 얼마든 좋은 친구를 만들 수 있습니다. 제가 오래전 알고 지낸 내향적인 친구 이야기가 도움이 될지 모르겠습니다.

중학교 때 옆 반이었던 A는 눈에 띄지 않을 만큼 조용한 편이었고 저와 공통점도 없어 보여 쉽게 친해지기 어렵겠다고 생각했지요. 그러던 중 남다른 그의 취미를 알게 되었습니다. 가끔 그 반에 놀러 가면 A는 늘 혼자 미국 프로 농구인 NBA를 열심히 보고 있었습니다. 저도 나름 NBA를 챙겨 보면서 선수 분석도 하며 놀던 터라 그런 모습이 눈에 들어왔습니다. 그래서 한 번은 호기심에 그에게 다가가 물었습니다.

"이번 우승은 휴스턴일까 아니면 뉴욕일까?"

제 질문을 들은 A의 눈빛이 초롱초롱해졌습니다. 그는 기분 좋게 웃으며 기다렸다는 듯 자기 생각을 막힘없이 이야기했습니다.

"당연히 휴스턴이지. 패트릭 유잉하고 비교하면 하킴 올라주원이 중거리 슛이 훨씬 좋거든. 수비수가 샘 카셀한테 붙으면 하킴한테는 공간이 많이 생기고 꽤 득점할 수 있을 거야. 게다가 이번에 뉴욕의 존 스탁튼이 발목 부상을 당했잖아."

늘 조용했던 A의 청산유수 언변에 놀랄 수밖에 없었습니다. 알고 보니 저처럼 취미 정도가 아닌 전문가 수준이었습니다. 제가 무작위로 찍으면 그 선수의 출신 대학과 신체 능력, 장단점을 줄줄 읊었습니다. 그때부터 우리는 쉬는 시간과 점심시간 가리지 않고 NBA 얘기를 나누었습니다. 나중에는 대화를 나누는 저희를 보고 다른 아이들 대여섯 명도 곁에 모였습니다. 자연스레 A가 그룹의 리더가 되었지요.

자신이 내향적이라 해서 굳이 성격을 바꾸려 애쓰지 마세요. 왠지 외향적이어야 할 것 같은 압박감도 필요 없습니다. 오히려 그보다는 자신에게 집중하고 분야를 정해 건강한 취미를 만들어 보세요. 꼭 취미를 통해 친구를 만들려는 목적이 아니더라도 그런 관심사가 있으면 삶에 큰 활력이 됩니다. 일례로 춤에 관심이 생겨 힙합댄스를 배우기 시작했다면 그것을 파고드는 겁니다. 그러다 보면 한두 번쯤 SNS에 자신의 취미 생활을 공유할 수도 있겠지요. 그 모습에 호감을 느끼고 다가오는 사람도 있고 함께 관심사를 나누다 친구도 될 수 있을 것입니다.

제게도 그런 취미가 있습니다. 헬스입니다. 미국에 가서 힘들게 일만 하고 인간관계도 제대로 만들지 못할 때, 일하는 시간 외에는 항상 운동하러 갔습니다. 집요할 정도로 운동했고, 건강한 신체를 만드는 일에 집중했습니다. 그러다 보니 운동하러 온 사람들 중 몇몇이 그런 제게 다가와 관심을 보였습니다. 인종이나 국가를 막론하고 다가와 질문도 하고 대화도 나누었죠. 나중에는 말을 걸어주는 사람이 많아져 그중에서 대화가 잘 통하고 마음에 드는 사람을 선택해 친구를 맺을 정도가 되었습니다.

어느 한 가지에 건강한 관심을 두고 일상의 활력으로 만들어 보세요. 그러다 보면 그 관심사에 대한 열정을 좋게 보고 다가오는 사람이 생깁니다. 이때는 내향적이든 외향적이든 별 상관이 없습니다. 성격에 얽매이지 않아도 된다는 사실을 알게 될 거예요.

자신이 내향적이라 해서 굳이 성격을 바꾸려 애쓰지 마세요.
그보다는 자신에게 집중하고 분야를 정해 건강한 취미를 만들어 보세요.

친구는 많을수록 좋은 걸까
1년에 한 번을 만나도 즐거움을 주는 사람

한 번은 평범한 남성 직장인의 고민을 받았습니다. 성격이 활발하지 않고 내성적인 편이라 진정한 친구를 거의 만들지 못했다며, 유튜브로 접한 저의 인간관계가 아주 넓어보여 부럽다고 했습니다. '인간관계를 어떻게 넓힐 수 있는지'가 고민이었습니다.

관계에 대해 고민하는 사람들은 대부분 '친구가 많은 사람'을 부러워합니다. 제 외향적인 이미지 때문인지 모르겠지만 유튜브로 저를 알게 된 사람들은 저를 보고 주위에 친구가 무척 많으리라 여깁니다.

그런데 재미있게도, 제 인생에서 자신 있게 친구라고 할 만한 사람은 한 명밖에 없습니다. 그런데 그 친구조차 1년에 세 번 보면 많이 본 것입니다. 평소에는 연락도 거의 하지 않습니다. 아주 가끔 만나지만 언제 봐도 한결같이 즐거울 수 있는 친구죠. 보이는 이미지와는 다르게 저는 술담배를 일절 하지 않고 시끌벅적하게 모여 웃고 떠드는 자리를 불편해합니다. 그래서 동창회는 물론이고 낚시나 골프 모임도 전혀 나가지 않습니다.

미국에서 살 때는 클럽 DJ로 지내면서 음악과 관련된 일을 했기 때문에 그런 문화가 낯설지는 않지만, 개인적으로는 그런 문화를 즐기지 않습니다. 종종 지인들도 제게 묻습니다.

"술 안 마시고 담배 안 피우고 낚시도 안 가면 무슨 재미로 사나?"

그런 질문을 들을 때마다 속으로만 생각합니다.

'아니, 술, 담배, 낚시가 없다고 재미없는 인생이라면 그것이야말로 너무 비루한 삶 아닌가?'

저는 그런 활동을 할 때보다는 집에서 아이들과 놀거나 혼자 책이나 영화 보기 혹은 운동할 때가 훨씬 재밌습니다. 학창 시절부터 그랬습니다. 특히 대학 때는 우르르 몰려서 술 마시고 노래방 가는 문화가 정말 싫었습니다. 언제나 혼자 다니는 게 편했고, 친해지고 싶은 친구가 생기면 카페에 가서 이야기하거나 포장마차에서 간단하게 술 한 잔 기울이는 것이 더 좋았습니다. 제 성향이 그렇습니다.

비슷한 성격인 사람들은 공감할 텐데, 종종 주변 사람들의 질타를 받기도 합니다. 저희 어머니도 제 성격을 걱정해서 바꿔보려 무던히 애를 쓰셨습니다. 초등학생 때부터 혼자 그림 그리고 놀거나 강아지랑 놀기를 좋아했고, 가끔 친한 친구 한 명을 집으로 불러 둘이 조용히 놀았거든요. 그럴 때마다 어머니는 타박하셨습니다.

"사내놈이 밖에 나가서 뛰어놀아야지."

그래서 저는 저 자신이 비정상이라 생각했습니다.

얻는 것이 있다면 잃는 것이 있지요. 인간관계도 마찬가지입니다.

진정한 친구를 많이 만들려면 그만큼 많은 추억을 쌓아야 하고 시간도 많이 필요합니다. 당연히 돈도 적지 않게 듭니다. 저는 그렇게 시간을 사용하는 대신 혼자 보내는 시간에 많이 투자한 것이지요.

이는 맞고 틀린 문제가 아닙니다. 다만 친구를 만들려 노력하지 않았고 친구와 쌓은 시간도 전혀 없으면서 친구가 많기를 바라는 것은 이기적 욕심입니다. 자신의 성향이 어느 쪽인지, 어느 방향을 원하는지 먼저 파악해야 합니다.

> 진정한 친구를 많이 만들려면 그만큼 많은 추억을 쌓아야 하고 시간도 많이 필요합니다.

'진짜 친구'란 무엇일까?
중요한 것은 친구의 수가 아니다

친구가 적다는 사실이 스트레스라고 고민을 털어놓는 사람들도 있습니다. 정말 속상한 댓글을 본 적이 있는데, 친구가 별로 없어 <u>스스로</u> 실패한 인생이라고 생각한다는 내용이었습니다. 친구의 숫자로 귀한 자신의 인생을 깎아내리지 않기를 바랍니다. 친구 많은 사람을 부럽게 바라보며 울적할 필요가 없습니다.

친구가 많은 사람을 깎아내리려는 것은 아니지만, 만일 그런 사람이 가정이 있는데 친구들하고만 너무 많은 시간을 보낸다면 어떨까요? 우정은 쌓이고 인맥은 넓어 보이겠지만 그만큼 가족과의 관계는 소홀해지겠지요. 제 주위에서도 이 균형이 깨어진 사람들이 많습니다. 가족과의 시간을 갖지 않는 부모 혹은 자녀가 가족에게서 멀어지는 것은 당연한 일입니다.

저는 30대 초반에 결혼해서 바로 아이가 생겼고 이후로 전쟁 같은 나날을 보내고 있습니다. 밖에서 친구랑 노는 일은 1년에 두어 번 있을까 말까였습니다. 친했던 친구들과 자연스레 연락이 뜸해질 수밖에 없었죠. 동창이나 친구들을 만날 기회는 경조사를 제외하면 점점 줄어듭니다. 저도 마음만 먹었다면 주말마다 동창들을 만나 골프도 치고 낚시도 하면서 친목을 다질 수 있었겠지요. 하지만 저는 아이들과 집에서 노는 게 더 편하고 좋았습니다. 저는 성격 덕에 그렇다 쳐도, 나이가 들면 친구 관계는 자연스레 협소해집니다. 친구의 숫자에 초점을 두지 말고 허물없이 마음을 터놓을 수 있는 친구 한두 명을 만드세요.

고등학교 동창인 한 친구는 소위 마당발이었습니다. 그의 SNS에는 수많은 모임에 빠짐없이 참석한 그의 모습이 가득했지요. 나이가 들어감에 따라 골프, 낚시, 축구, 동창 모임에 이르기까지 어디에나 빠지지 않는 사람이었어요. 이 친구의 결혼식에는 하객들이 너무 많아 사진을 여러 번에 걸쳐 나눠 찍어야 할 정도였습니다.

몇 달 전 한 장례식장에서 오랜만에 그를 만났습니다. 잘 지내느냐는 의례적인 인사에 돌아온 그의 대답은 의외였습니다. 여러 모임을 만들면서 넓힌 인맥은 그 친구의 커다란 자부심이었는데, 모임을 주도하고 이끄는 동안 온갖 잡음에 시달렸다고 했습니다. 앞에서는 웃으며 함께해주던 사람들이 뒤에서는 시기와 질투로 그의 험담을 일삼았습니다. 그는 조용히 이렇게 말했습니다.

"인간관계에 환멸과 배신감을 느껴 모든 모임을 없애고 이제는 가족들과 시간을 보내."

친구가 많아 보이는 사람을 부러워하지 마세요. 보이는 것이 모두 진실은 아니며 비교는 행복을 갉아먹는 곰팡이입니다. 30대 이후 삶에서 중요한 것은 친구의 숫자가 아닙니다. 그보다는 퇴근길 술 한잔하자고 편하게 연락했을 때 바로 달려 나오는 한두 명이 더 중요하고 소중합니다. 그러니 친구가 많지 않다 해서 울적하거나 자신을 패배자로 여길 이유가 전혀 없습니다. 그보다는 나는 주변 사람에게 어떤 친구인지 돌아보는 시간이 우리에게 필요한 것은 아닐까요?

친구의 숫자가 중요한 것은 아닙니다.
나는 주변 사람에게 어떤 친구인지 돌아보는 시간이 필요합니다.

인맥을 넓히고 싶다면
자기 분야에서 존재감 있는 사람

인간관계, 즉 인맥을 넓혀야 할 때가 있습니다. 사회생활은 혼자 할 수 없으며, 커리어와 전문성을 위해서도 필요한 요소입니다. 그런데 많은 사람들이 '아는 사이'와 '인맥'을 혼동합니다. 세상에서 제일 무익한 자랑이 "나는 유명인과 아는 사이야" 아닐까요? 어쩌다가 유명인과 식사 자리를 함께했거나 술 한잔했다 해서 인맥이 되나요? 이는 쓸데없는 자랑이며 오히려 자신을 깎아내리는 허세에 가깝습니다. 게다가 그 '유명인'은 당사자를 기억하지도 못할 것이 분명합니다.

'인맥'은 그저 '아는 사이'와는 다릅니다. 인맥은 서로 분명한 이해 관계가 있고, 도울 수 있는 관계일 때 형성됩니다. 그러므로 인맥을 넓히는 가장 좋은 방법은 자기 분야에서 존재감 있는 사람이 되는 것입니다. 그러면 사람들이 먼저 연락을 해옵니다. 어떤 직장이든 어느 분야에서든 맡은 일을 훌륭히 해내고 전문가로 나아간다면 인맥은 자연스레 넓어집니다.

인맥을 쌓겠다며 무작정 이 모임, 저 모임에 참석하는 일은 결코 도움이 되지 않습니다. 마음에도 없는 술자리에 나간다고 인맥이 생기지 않습니다. 지금 몸담은 분야에서 열심히 일하고 꾸준히 자기계발을 해보세요. 더 나은 사람이 되려 애쓰다 보면 자연스럽게 좋은 사람들이 주위에 생깁니다. 그러다가 뜻이 맞는 친구까지 만나게 된다면 더할 나위 없이 좋지요.

친구를 만들 목적으로 자신의 모습을 억지로 꾸며내지 마세요. 가장 나다운 모습으로 자연스럽게 진심으로 사람들을 대할 때 진정한 친구를 얻을 수 있을 것입니다. 혹은 반대로 당신이 그 누군가의 곁에 설 수도 있습니다. 자신에게 먼저 솔직하고, 자신에게 집중하세요.

> 인맥을 넓히는 가장 좋은 방법은 자기 분야에서
> 존재감 있는 사람이 되는 것입니다.

11

직장 생활은 제3의 인생

상대에게 각인된 나의 인상을 바꿔서 그가 더는 나를 함부로 대하지 못하도록 하는 것이 중요합니다. 그러나 대부분의 사람들은 자기 인상을 바꾸려 하기보다는 자신을 책망하면서 상대에게 더욱 친절한 모습을 보이려 합니다. 나를 괴롭히는 상사의 마음을 바꾸려 더욱 과장되게 웃거나 부를 때 번개처럼 달려가지요. 이런 태도를 보인다면, 무례한 사람은 더욱 마음 놓고 무례해질 게 분명합니다. '공격해도 괜찮은 사람'이라는 인상을 주지 않는 것이 먼저입니다.

당신이 직장에서 공격당하는 진짜 이유
공격해도 괜찮은 사람?

'왜 나만 이렇게 공격당하는 거지?'

회사 생활을 하며 이런 고충을 토로하는 사람들이 많습니다. 자신의 인생이 제1의 인생, 결혼 후의 삶이 제2의 인생 그리고 직장이 제3의 인생입니다. 그런데 어렵사리 들어간 직장에 의외의 복병이 숨어 있습니다.

남을 무례하게 대하거나 심지어 공격하는 사람들은 어디에나 있습니다. 학교, 회사, 동호회, 심지어는 종교단체 안에서도 이러한 일은 비일비재하게 나타납니다. 이렇게 누군가에게 공격 받는 사람에게 가장 먼저 하고 싶은 말이 있습니다.

"당신이 무언가를 잘못해서 공격당했다고 생각하면 안 됩니다. 괴롭힌 사람이 나쁜거시, 괴롭힘당하는 사람이 잘못이라고 생각하면 안 됩니다."

한 번 보고 다시는 안 볼 사이에서 무례한 대우를 받았다면 무시하고 피하는 것이 상책일지도 모릅니다. 일을 크게 만들지 않으려면 말이죠. 그러나 '직장'이라는 공간에서 나를 괴롭히는 사람이 나타난다면 심각한 문제가 됩니다. 그도 나도 쉽게 회사를 떠날 수는 없기 때문입니다.

그들은 도대체 왜 공격하는 걸까요? 왜 유독 내게만 그런 식으로 행동할까요? 그 이유부터 명확히 짚고 넘어가야 합니다.

제가 심리학 전문가는 아니지만 이 문제에는 나름의 일가견이 있습니다. 어렸을 때부터 인간의 심리에 관심이 많았습니다. 중학교 2학년 때부터 20대 중반까지 쉬지 않고 계속 아르바이트를 했고, 20대 중반에 미국에 간 이후로도 쉬지 않고 일했습니다. 오랫동안 일하면서 정말 신기한 것을 알았습니다. 그 어딜 가도 괴롭히는 사람이 있고, 괴롭힘을 당하는 사람이 있다는 사실이었습니다.

일을 미숙하게 처리하거나 실수가 잦은 사람은 물론 지적을 받게 마련이지요. 그러나 제가 관찰했을 때 업무상 과실만으로 괴롭힘을 받는 경우는 드물었습니다. 일 잘하고 예의 바른 A라는 사람도 괴롭힘의 대상이 될 수 있는 반면, B는 업무도 서툴고 태도도 좋지 않지만 상사나 동료에게 어떤 괴롭힘도 받지 않을 수 있습니다.

저는 이 'B 유형'이 늘 신기했습니다. 업무 능력이 탁월하지도 않고 태도가 그리 살갑지도 않은데 오히려 주위 사람들이 그들의 눈치까지 봅니다. 저는 몇 년 동안 그들의 공통점이 무엇인지 연구했습니다. 군대에서도 상황은 비슷했습니다. 군대는 철저한 계급 사회여서 입대한 이상 선임에게 상명하복해야 합니다. 그런 군대에서조차 맡은 일을 잘한다 해서 무조건 예쁨받는 것은 아니었습니다. 반대로 일을 잘하지 않는데도 선임이 함부로 대하지 못하는 후임도 있었습니다.

오랫동안 일하면서 많은 사람들을 관찰하고 제가 내린 결론은 하나입니다. 학교든, 회사든, 군대든 괴롭힘을 받는 사람들에게는 공통적 이미지가 있습니다. 바로 '공격해도 괜찮은 사람'이라는 이미지입니다. 다시금 강조하지만 이러한 이미지라는 이유로 공격 받아도 괜찮다는 뜻은 결코 아닙니다. 다만 누군가를 공격하는 사람은 분명 그 상대를 '공격해도 괜찮은 사람'이라고 인식한다는 의미입니다.

만일 누군가에게 자주 무례한 대우를 받는다면 당신은 그에게 '공격해도 되는 쉬운 존재'로 인식되었을 확률이 높습니다. 물론 진실과는 무관합니다. 우리가 주목해야 하는 점은 어떻게 해야 '공격해도 괜찮은 사람'으로 보이지 않느냐는 것입니다.

> 만일 누군가에게 자주 무례한 대우를 받는다면
> 당신은 그에게 '공격해도 되는 쉬운 존재'로 인식되었을 확률이 높습니다.

공격하는 상사에게 효과적으로 대응하기
상대의 비위를 맞추지 말라

그렇다면 상대는 언제 내가 약하다는 인상을 갖게 될까요? '상대의 비위를 맞추려는 모습'을 자주 보일 때입니다. 물론 비위 맞추는 것과 친절한 태도는 명백히 구분되어야 합니다. 사회 생활을 할 때는 누구나 적절히 선을 지키면서 행동합니다. 처음부터 다짜고짜 타인에게 무례한 사람은 거의 없죠. 이는 사회생활에서 필수적인 태도입니다. 반면 비위를 맞추는 것은 조금 다릅니다. 늘 상대의 눈치를 보면서 그의 기분을 맞추기 위해 마음에도 없는 말과 행동을 습관처럼 하는 태도입니다.

공격하는 상대의 비위를 맞춰주는 행위는 절대 하지 마세요. 이를 반복하는 것은 '저는 만만하고 약한 사람입니다'라는 선언과도 같습니다. 비위를 맞춰준다 해서 공격을 멈출 사람이었다면 애초에 내게 무례하게 굴지도 않았을 것입니다.

상대에게 각인된 나의 인상을 바꿔 그가 더는 나를 무례하게 대하지 못하도록 하는 것이 중요합니다. 그런데 생각보다 많은 사람들이 자기 인상을 바꾸려 하기보다는 자신을 책망하면서 상대에게 더욱 친절한 모습을 보이고는 합니다. 나를 괴롭히는 상사의 마음을 바꾸려 더욱 과장되게 웃거나 부를 때 번개처럼 달려가지요.

'당신에게 잘 보이고 싶습니다'라는 메시지를 끊임없이 던지는 셈입니다. 이러한 태도를 보인다면 무례한 사람은 더욱 마음 놓고 무례해질 게 분명합니다. '공격해도 괜찮은 사람'이라는 인상을 주지 않는 것이 가장 선행되어야 합니다.

> '공격해도 괜찮은 사람'이라는 인상을 주지 않는 것이
> 가장 선행되어야 합니다.

세련된 양아치가 돼라
매사에 좋은 사람은 망한다

그러면 도대체 어떻게 해야 할까요? 저는 무례한 대우를 자주 받는 사람들에게 간단히 조언합니다.

"세련된 양아치가 되세요."

대부분 어리둥절해 합니다.

"양아치요?"

'양아치'는 품행이 천박하고 못된 짓을 일삼는 사람을 가리키는 속된 말이지만, 제가 말하는 '세련된 양아치'는 못된 사람이 아닙니다. 행동은 바르고 멋지게 하되 마음은 다소 껄렁껄렁하라는 뜻입니다. 매사에 좋은 사람이 되려는 태도를 버리라는 말입니다.

성격이 둥글둥글하고 마음 약한 사람은 직장 상사에게 심한 질책을 받으면 쉽게 자책하고 괴로워합니다.

'내가 부족해서 그래.'

'내 잘못이 맞아.'

이러한 태도를 버리고 세련된 양아치가 되는 것입니다. 양아치들은 어디에도 누구에게도 얽매이지 않는다는 '마이웨이 마인드'가 있습니다.

'나를 괴롭히는 무례한 사람들의 정신세계에 속하지 않겠다.'

나에게도 나만의 정신세계가 있다는 자신감을 보여줍시다.

양아치 앞에 '세련된'이 붙은 이유는 다짜고짜 상대에게 적대적으로 대하지 않고 빈틈없이 행동한다는 의미가 담겨 있습니다. 상대에게 어떤 여지도 주지 않으면서 선을 긋는 것입니다.

매사에 좋은 사람이 되려는 태도를 버려야 합니다.

직장에서 아우라를 풍기는 방법
슬기로운 직장 생활의 6가지 팁

세련된 양아치가 되기 위한 몇 가지 구체적인 실천 방법을 소개합니다.

첫째, 너무 세게 받아치지 말라

상사가 무례하게 대할 때, 소위 '성질 좀 있다' 하는 사람들은 곧장 험악한 표정으로 거세게 받아치고는 합니다. '나 성깔 있으니까 함부로 건드리지 마라'는 신호를 보내는 것이지요. 물론 이렇게 과격한 반응을 보이면 즉각적 효과는 있을 것입니다. 과격한 대응에 상사는 움찔하겠지요. 하지만 직장을 오래 다닐 계획이라면 이러한 감정적 대응은 좋지 않습니다.

감정을 쉽게 드러내면 상대에게 나의 감정 한계를 그대로 보여주게 되니까요. 아무리 억울하고 분하더라도 이러한 식으로 상사에게 분노를 쏟아내면 보이지 않는 불이익이 돌아올 것이 분명합니다.

둘째, 울지 말라

그와는 반대로, 누군가에게 공격당하고 비방을 들었다 하여 금방 흐느끼고 울면 안 됩니다. 자신의 감정을 훤히 드러내는 행동은 지양하는 편이 좋습니다. 속이 훤히 보이는 행동을 자주 하면 남에게 우습게 보이기 쉽고, 나를 공격하는 사람에게는 더욱 만만하게 비칠 것입니다. 타인을 괴롭히는 사람들이 쉽게 건드리지 못하는 사람들은 무언지 모를 아우라를 풍깁니다. 우리는 어떤 사람에게서 아우라를 느낄까요? 스스로 물어보고 답을 구해 보십시오.

셋째, 일은 똑바로 잘하라

'세련된 양아치'가 되기 전에 기본적으로 반드시 챙겨야 하는 부분이 있습니다. 어떤 경우에도 발목 잡히는 일 없이 자신이 맡은 업무를 잘해내야 합니다. 일을 잘해야 할 뿐 아니라 일에 대한 태도도 포함됩니다. 성실한 근태는 물론 어떤 미팅 자리에서도 준비된 태도를 보여야 합니다. 직장에서 실수를 연발한다면 상사뿐 아니라 누구라도 당신에게 친절하기는 어려울 것입니다. 업무 능력이 뛰어나 칭찬받을 정도는 아니더라도 최소한 '월급 주기 아깝다'는 말은 나오지 않아야 합니다.

넷째, 감정은 최대한 밍밍하게 표출하라

상사가 부당하고 무례하게 공격할 때 감정적 반응을 최대한 낮추는 것도 좋은 방법입니다. 공격받았다고 순간 화들짝 놀라거나 곧장 화내지 말고 가능한 침착하게 대응하세요. 그렇다고 억지로 굳은 표정을 지을 필요는 없습니다. 과도하게 무표정한 모습으로 일관한다면 상대도 괜한 반발심이 생길 수 있습니다. 무리하게 얼굴을 굳히고 있다면, 상대는 '표정관리도 안 한다 이거지?' 하면서 더 트집 잡을 게 없나 눈에 불을 켜고 지켜볼 것입니다. 그러니 상대의 무례함에 대한 극단적 감정 표현은 삼가야 합니다.

담담하게 감정을 표현해야 하는 다른 이유는, 상대에게 내 상태를 쉽게 간파당하지 않기 위해서입니다. 무례한 사람이 우리를 쉽게 판단할 수 없도록 그의 예상이 빗나가게 만들어야 하지요. 그런 아우라를 풍기는 사람이 되어야 합니다. 일례로 평소에는 밝게 잘 웃으며 지내더라도 상사가 무례한 말을 던지면 그 모습을 지우고 침착하고 담담하게 대응합니다. 공격하는 사람 앞에서 희로애락을 극명하게 드러내지 말자는 뜻입니다.

다섯째, 가능한 말수를 줄이라

단호한 말투를 사용하고 불필요한 말을 줄이세요. 무례한 공격을 받으면 최대한 부드러운 태도로 간단명료하게 대응하세요. 다음 대화는 실제 충분히 있을 법한 상황들입니다.

"화장 왜 고쳐? 잘 보일 사람도 없으면서."

"(당황하며) 아… 저…, 그게… 조금 있다가, 약속이…(씨익 웃음)"

"살 더 찌면 사회생활 못한다. 살 좀 빼."

"(멋쩍게 웃으며) 아, 그게 아니고요… 요즘 제가… 몸이 아파서 운동을 통…(씨익 웃음)"

이렇듯 상사의 무례한 말에도 자신 없는 말투로 말끝을 흐리는 경우가 많습니다. 괜히 멋쩍은 웃음으로 상황을 무마하려 하기도 하지요. 본인이 공격받는 중인데도 이러한 태도를 보인다면 상황을 바꾸기 정말 어려워집니다. 웃을 상황이 아니라면 절대 웃지 마세요. 그런 모습을 보인다면 상대는 계속 얕잡아 볼 것입니다. 이럴 때는 최대한 간단하고 단호하게 대답하면 됩니다.

"화장을 왜 고치나? 잘 보일 사람도 없으면서."
"(부드럽게 웃으며) 아? 네!^^"
"살 더 찌면 사회생활 못한다. 살 좀 빼."
"(부드럽게 웃으며) 아? 알겠습니다.^^"

무례한 공격을 받았을 때 이렇게 대응하면 상대는 다음 행동을 섣불리 취하기 어려워집니다. 무리하게 표정을 굳히고 정색한다면 상사는 '이게 감히 대들어? 너 나 무시해?' 하며 더 악질적으로 굴 수 있습니다. 상대를 자극하는 꼴이 되지요. 하지만 부드럽게 웃으며 대답했기 때문에 상대는 너를 공격할 명분을 잃어버립니다. 부드러운 말에 뼈를 담아 담담하게 표현하면 됩니다.

더 나아가 무례한 상사와 마주치면 언제나 상냥하게 인사해주세요. 대신 사적 대화는 절대 섞지 마세요. 단둘이 있는 상황이더라도, 어색함이 싫다는 이유로 사적인 이야기를 먼저 꺼내지 말고 과묵하게 업무에만 집중하세요. 상대가 업무에 관해 물으면 최대한 짧고 정확하게 부드럽게 대답하세요. 누군가 자꾸 나를 괴롭힌다는 생각이 들면 마음속으로 되뇌어 보세요.

'나는 세련된 양아치다.'

누군가 허락 없이 내 물건에 손대거나 내 공간을 침입한다면 당연히 그를 쫓아내야 합니다. 나의 사적 영역을 무단으로 침범하는 사람을 그냥 두면 안 됩니다. 당신이 그어놓은 선을 상대가 쉽게 넘지 못하도록 조금만 노력하세요. 분명히 바뀔 것입니다. '공격해도 괜찮은 사람'에서 '아우라 있는 사람'으로요.

여섯째, 자신만의 캐릭터를 일관성 있게 유지하라

마지막으로 가장 중요한 것은 자신만의 캐릭터 구축입니다. 당장 효과가 나타나지 않아도 꾸준히 일관된 모습을 유지해야 합니다. 누구에게도 '쉽게 대할 수 없는 사람'으로 보이도록 평소 언행에 신경 쓰세요. 무례한 사람은 그래도 공격할지 모르지만 개의치 말고 일관된 태도를 견지하세요. 괜찮은 동료에게는 상냥하고 예의 있게, 무례를 일삼는 사람에게는 단호한 모습으로 자신을 지켜나가는 겁니다. 이러한 태도가 차츰 쌓이다 보면 어느 순간 자신의 캐릭터가 생겼다는 사실을 알 수 있을 거예요. 더는 당신을 불합리하게 괴롭히는 사람도 없어지리라고 확신합니다.

자신의 캐릭터가 생기면 더는 당신을
불합리하게 괴롭히는 사람도 없어집니다.

텃세를 극복하는 법
투명인간이 되어서는 안 된다

직장에서 누군가 나를 직접적으로 괴롭히지 않아도 힘든 경우가 많습니다. 그중 하나의 원인은 텃세일 것입니다. 언젠가 출판사에 막 입사한 사회 초년생의 고민 사연을 받았습니다.

"왠지 모르게 나만 빼놓고 대화하는 것 같고, 상사에게 업무에 관해 질문하면 퉁명스럽게 답변합니다."

대놓고 무례하게 굴거나 괴롭히는 사람은 없지만 텃세 때문에 괴롭다는 내용이었습니다. 꽤 어릴 때부터 일했던 저의 경험상, '텃세'는 생각과 다르게 실체가 없는 경우가 많았습니다. 저는 대학 3학년 때 처음으로 아르바이트 아닌 인턴으로 일하게 되었습니다. 경향신문사 내에 있는 '미디어 경향'의 잡지 부서에 배치되었습니다. 교수님의 소개로 얻은 인턴 기회여서 좋은 평가를 받아야 했습니다. 그래서 매우 긴장한 상태로 회사에 들어갔고 의욕적으로 열심히 일했습니다.

중학교 2학년 때부터 아르바이트로 일한 터라 연배가 한참 높은 분들하고도 잘 지내는 편이었습니다. 그래서 처음인 직장 생활이지만 잘할 수 있다는 자신감으로 충만한 상태였죠. 그런데 인턴 생활은 제 예상과는 너무 달랐습니다. 제가 뭘 잘못해서 지적 받는 상태라면 차라리 나았을 텐데 그것도 아니었습니다.

출근해서 인사를 해도 받아주는 사람이 거의 없고, 식사 시간엔 대화에서 배제되는 느낌을 받았습니다. 전반적으로 투명인간 취급을 당하는 느낌이었습니다. 게다가 저를 제외하면 다들 돈독한 사이로 보이니 답답함은 커져만 갔습니다. 이건 텃세라고 생각했습니다. 일도 실수하지 않고 열심히 하는데 왜 이러한 대우를 받아야 하는지 억울하기만 했습니다.

변화가 필요했습니다. 중학생 때부터 아르바이트했던 제 경험을 하나씩 돌아보았습니다. 제 후임으로 들어온 신입들이 떠올랐습니다. 후임에게 업무를 가르치는 일을 번거롭게 여겼고, 열심히 가르쳐준다 해서 제 시급이 오르는 것도 아니라고 생각했지요. 신입을 잘 대해 주었다가 오히려 저를 만만하게 보고 대드는 바람에 황당했던 경우도 기억났습니다.

아르바이트의 경험을 돌아보니, 결국 저는 신입 후배를 적당한 선까지만 대하고 말을 아꼈다는 것을 떠올렸습니다. 그러자 텃세 같았던 시금 상황과 싱사들이 딜리 보였습니다.

'저분들이 나를 싫어해서가 아니라 그저 자기 일하느라 바쁜 걸까? 나를 신경 써줄 겨를이 없는 것 아닐까?'

게다가 인턴인 저는 회사에 오래 있을 사람도 아니었지요. 언제 나 갈지 모르는 인턴에게 관심을 주지 않는다 해서 텃세라고 단정 지을 필요는 없다고 생각했습니다. 거기까지 생각이 이르자 제가 먼저 바꾸기로 마음먹고, 선배들에게 진심으로 다가가려 노력했습니다. 밝게 인사를 건네고, 스스로 일을 찾아서 했습니다. 비품도 정리하고 스튜디오 조명도 닦아가면서 더 적극적인 자세를 보였습니다.

그런 모습이 눈에 띄었는지 먼저 말을 건네주는 선배들이 하나둘 늘었습니다. 나중에는 몇몇 분들과 인간적으로 친해졌습니다. 그렇게 두 달의 인턴 기간을 마치고 회사를 그만두는 날, 회식 자리에서 들은 선배들의 말에 저는 깜짝 놀랐습니다.

저를 처음 봤을 때 그들의 마음은 아주 불편했다고 합니다. 새로 온 덩치 크고 목소리 굵은 인턴이 무표정으로 일하더라면서요. 제 딴에는 혹여 실수할까봐 말을 아꼈던 건데 오히려 선배들은 이러한 제가 '기싸움'을 하려는 것처럼 보였다고 했습니다. '군기 잘 잡힌 인턴'이 되고 싶어서 보인 제 태도들이 의도와는 다르게 받아들여졌던 것입니다. 제가 경험한 것은 텃세가 아니었지요. 오히려 제가 먼저 긴장감을 조성한 셈이었습니다.

사회생활을 하다가 왠지 모를 텃세가 느껴진다면 상황을 천천히 다시 살펴보세요. 어쩌면 그들은 그저 자기 일에 몰두하느라 바쁠 뿐인지도 모릅니다. 자기 일하느라 당신에게 관심을 줄 여력이 없을지도 모릅니다. 한 명, 한 명의 무관심이 모였다 해서 그것을 조직적인 텃세로 받아들이면 곤란하겠지요.

이러한 상황이라면 분위기를 반전시키는 열쇠는 오히려 신입이 쥐고 있는지도 모릅니다. 누가 보더라도 회사에 적응하려 애쓰는 모습을 보여줍시다.

'나는 여러분과 친해지고 싶고, 도움이 되는 존재가 되고 싶다.'

무언의 메시지를 지속적으로 보여주는 것입니다.

이미 형성된 무리에 들어간 이방인에게는 모든 게 낯설기만 합니다. 이럴 때는 하나하나의 개인이 눈에 들어오지 않고 모두가 하나처럼 느껴집니다. 하지만 이 사실을 잊으면 안 됩니다. 새로 들어간 조직의 분위기가 아무리 경직된 듯해도 대부분의 사람들은 선량합니다. 그중 극소수만이 소위 '대장놀이'를 하려 합니다. 신입이 겁먹고 눈치 보기를 바라죠. 그러나 대다수 직원들은 당신에게 무관심하거나 '한번 지켜보자'는 태도랍니다.

그러니 누군가 당신을 잘못된 방식으로 대하는 것을 '텃세'라고 과장해서 느낄 필요는 없습니다. 그들은 한패가 되어 당신을 괴롭히려는 것이 아닙니다. 그럴 때는 그저 조직의 일원으로 자기 역할에 충실하면서 그들을 우호적으로 대하면 충분합니다.

누군가 당신을 잘못된 방식으로 대하는 것을
'텃세'라고 과장해서 느낄 필요는 없습니다.
조직의 일원으로 자기 역할에 충실하면서 그들을
우호적으로 대하면 충분합니다.

12

사회생활 속 다양한 인간관계

사람과 사람이 모여 집단을 이루면 서로 탐색하기 마련입니다. 외모가 강해 보이고 체격이 거대해도, 품행이 경박하거나 일에 어설프고 감정을 쉽게 드러내는 사람이라면 누구도 그를 두려워하지 않을 것입니다. 한 사람의 무게감이란 외적인 것에서 나오지 않습니다.

무례한 사람들은 도대체 왜 그럴까?
머리가 나쁘면 무례해진다

세상에는 여전히 무례한 사람들이 많습니다. 유튜브를 시작할 때부터 지금까지도 무례한 사람을 어떻게 상대해야 하는지 많은 사람들이 질문합니다. 무례한 사람은 왜 그런 걸까요? 이들을 어떻게 대응해야 할까요?

두 아이를 키우다 보니 놀이터나 공원에서 상당히 많은 시간을 보냅니다. 거기서 아이들이 노는 모습을 지켜보는 것이 일상이죠. 그러면서 알게 된 것이 있습니다. '꼰대'가 어른의 세계에만 존재하는 게 아니라는 사실입니다. 아이들의 세계에도 꼰대가 존재합니다. 자기가 타고 싶다는 이유로 이미 그네를 타고 있는 아이에게 소리를 지릅니다.

"야! 비켜!"

아이들끼리 공놀이를 하는데 나이가 좀 더 많은 아이가 훼방을 놓기도 합니다. 힘 있고 나이 있다는 이유로 남을 괴롭히지요.

어린아이는 아직 사회화가 덜 된 상태입니다. 성장하여 학교에 진학해도 역시 선배라는 이유로, 덩치가 크다는 이유로 약한 학생들을 괴롭히는 아이들이 있습니다. 아직 미성숙한 시기이기 때문에 잘못을 저지르더라도 처벌의 강도는 낮습니다. 여전히 사회화가 필요하다고 보니까요.

나이를 더 먹으면 어떨까요? 대부분의 사람들은 사회성을 발달시키고, 자기의 감정을 통제하는 능력을 길러갑니다. 점차 성숙해지는 것이지요. 그러나 반대로, 성인이지만 여전히 아이처럼 구는 사람도 있습니다. 나이를 먹어도 자기보다 약한 사람을 괴롭히고 짓밟으려는 사람들이죠. 이들을 가리켜 이렇게 말합니다.

"인간이 덜됐다."

나이를 먹고 나서도 왜 이럴까요? 왜 약한 존재를 괴롭히려는 악한 본성을 버리지 못할까요? '후안무치(厚顔無恥)'라는 표현처럼 그들은 부끄러움을 모릅니다. 길거리에서 모르는 사람과 부딪혔을 때 상대가 작거나 어려 보이면 시비를 거는 사람이 많습니다. 공공장소에서 주위 눈치를 보지 않고 시끄럽게 떠드는 사람도 있죠. 대학에서 군기 잡는다는 명목으로 후배를 괴롭히기도 합니다. 회사는 어떨까요? 이러한 사람을 발견하기는 어렵지 않습니다.

저는 이런 사람들은 머리가 나빠서 그렇다고 생각합니다. 한 TV 프로그램에서 인문학자의 이야기를 들었습니다. 무례하고 예의 없는 사람들의 지능이 실제로 낮은 편이라고 합니다. 흔히 지능을 이야기할 때 IQ와 EQ를 거론합니다. IQ는 머리가 좋고 나쁨을 알려주는 지

수입니다. EQ는 자신과 타인의 감정을 잘 이해하는 사람인지 알 수 있는 척도입니다. 그리고 또 한 가지 'SQ(spiritual quotient)'라는 지능이 있습니다. 의미와 가치의 문제를 다루고 해결하기 위한 지능으로 '영성 지능'이라고도 부릅니다. 한마디로 인간을 인간답게 하는 근본 지능이지요.

SQ는 IQ와 EQ 형성의 토대가 되며 인간의 모든 지능을 통합하는 가장 중요한 지능이라 합니다. 무례한 사람들은 바로 이 SQ가 많이 부족한 것입니다. 우리는 명문대학을 나올 정도로 IQ가 좋지만 SQ는 부족한 사람이 저지르는 사건 사고를 많이 접합니다.

그렇다면 영성 지능이 높은 사람은 어떻게 행동할까요? 크게 세 가지를 들 수 있습니다.

1. 남의 마음을 자신의 마음처럼 잘 헤아립니다.
2. 양심상 부끄러운 짓을 하기를 꺼립니다.
3. 늘 겸손하며 남과 조화를 이루려 애씁니다.

그런데 안타깝게도 SQ가 높은 사람들이 SQ 낮은 사람에게 상처 받고 휘둘리는 경우가 많습니다. 인격적으로 훌륭한 사람들이 그렇지 않은 사람들을 공감하고 배려하다가 역설적으로 가장 많은 피해를 낳습니다. 인격이 훌륭한 사람에 너욱 악하게 구는 질 낮은 인간들이 있습니다.

SQ가 낮을수록 자존감도 낮은 편입니다. 자존감이 낮고 내면이 비어 있을수록 외부로부터 자신의 존재감을 찾으려 합니다. 누군가를 짓밟아야만 자신의 존재감이 느껴지고, 누군가가 자신 때문에 힘들어하는 모습에 존재감을 느끼죠. 어떻게 보면 불쌍한 사람입니다. 우리는 인격이 미숙한 사람에게 지레 겁먹지 말고 올바른 대처법을 갖춰야 합니다.

그렇다면 무례한 인간에게 스트레스 받지 않는 방법은 무엇일까요? 무엇보다도 선 넘는 사람에게는 반드시 적절한 반응을 해야 합니다. 선을 넘는 수준은 아니지만 나와는 잘 안 맞는 사람을 만나기도 합니다. 이때는 전자의 경우처럼 강경하게 대응하지 말고 그냥 흘려보내는 것도 방법입니다.

야구를 예로 들어보겠습니다. 타자는 투수의 공 10개 중 3개만 안타를 쳐도 '3할 타자'로 불리며 정상급 선수로 대우받습니다. 그런데 타자에게 안타만 중요한 것은 아닙니다. 내게 맞지 않는 공을 걸러내는 안목이 훨씬 중요합니다. 치지 않을 공을 파악하는 능력이죠. 이를 '선구안'이라 하며 좋은 타자라면 꼭 갖추어야 하는 능력입니다.

투수는 타자가 공을 치기 좋도록 던지지 않습니다. 포수 바깥쪽, 안쪽, 땅볼로도 던집니다. 타자는 그 공을 모두 치려고만 하면 안 됩니다. 치기 좋게 올 때만 배트를 휘둘러야지, 모든 공을 맞추려 휘두르면 아웃당하기 십상입니다. 휘둘러봤자 손해인 상황이라면 참을 줄 알아야 합니다. 지저분하게 날아오는 공은 걸러내는 것이 훨씬 유리합니다.

전략상 투수가 타자에게 '데드볼(사구)'을 던질 때가 있습니다. 타자의 신체에 닿는 공인데, 때로는 선을 넘는 행위로 간주됩니다. 투수가 실수가 아닌 고의로 타자의 몸을 겨냥해 공을 던지는 경우가 있습니다. 그런 공에 맞아 화가 난 타자가 방망이를 내던지고 투수에게 달려가는 모습을 본 적이 있을 것입니다. 명백히 선을 넘은 행동이니까요.

인간관계도 마찬가지입니다. 사회생활을 하며 만나는 10명 중 3명이 나와 잘 맞는 성향이라고 한다면 그중 한 명만 내 사람으로 만들어도 대성공입니다. 그 10명 중에는 내게 무례하고 시비 거는 사람도 있겠지요. 나와 잘 맞는 사람과 좋은 시간을 보내기에도 부족한 인생인데 아까운 내 시간을 허비하며 일일이 모든 사람에게 맞출 필요는 없습니다. 성향이 다르다면 그냥 걸러내면 됩니다. 어쩌다 선을 넘는 사람을 만나면, 적절하고 단호하게 대응해야 합니다.

타자에게 안타만 중요한 것은 아닙니다.
내게 맞지 않는 공을 걸러내는 안목이 훨씬 중요합니다.

누군가 나를 이유 없이 싫어한다면?
주저 없이 세 마디를 활용하라

제 유튜브 채널에서 상당한 조회 수를 기록한 영상이 하나 있습니다. '직장 생활에서 무례하고 공격적인 사람 심리적으로 제압하는 법'이 라는 긴 제목의 영상입니다. 이 영상을 보고 한 여성이 고민 상담을 해왔습니다. 7년 동안 다닌 회사를 그만두고 이직했는데 입사 동기가 이유 없이 자신을 무시하고 싫어한다고 했습니다. 더 나아가 사람들 앞에서 공개적으로 면박을 주거나 무시해서 모멸감을 주더랍니다.

"xx 씨, 또 실수한 거야?" 살살 긁는 말을 하면서요.

이 고민 사연을 둘로 나누어 살펴보면 좋겠습니다. 먼저 이유 없이 사람을 무시하고 싫어하는 부분입니다. 세상에는 다양한 사람이 존 재합니다. 내가 어떤 행동을 하든 상관없이 그냥 나를 싫어하는 사람 이 있을 수밖에 없습니다. 모든 사람이 나를 좋아할 수는 없습니다. 불가능한 일이니까요. 물론 행동이나 말투, 인상이 "마음에 안 든다" 는 등 말도 안 되는 이유를 갖다 붙이며 싫어하기도 합니다. 중요한 것은 논리적으로 설명되지 않더라도 사람이 사람을 미워할 수 있다는 사실입니다. 그러니 누군가가 나를, 당신을 아무 이유 없이 싫어하는 것 자체는 그리 큰 문제가 아닙니다.

그런데 이 사연의 현재 상황은 문제입니다. 그저 나를 싫어하기만 한다면 '그런가 보다' 하고 넘길 수 있지만 공개적인 자리에서 망신을 주거나 모멸적 언사를 하는 것은 매우 큰 문제입니다. 절대로 가만히 있어서는 안 되는 상황입니다. 그런 사람과는 어떻게든 담판을 지어야 하고 관계를 역전해야 합니다. 이럴 때는 가능한 한 많은 사람들 앞에서 공개적으로 언급해야 훨씬 효과가 큽니다.

담판을 지으라는 말은 죽일 듯 노려보라거나 분노에 차서 소리 지르라는 뜻은 아닙니다. 제가 유튜브 채널을 통해 누누이 강조한 말이 있습니다.

"감정은 담담하게, 말은 짧고 명확하게 하라."

특히 이러한 무례한 대우를 받았을 때는 의식적으로 자신의 말투를 점검해야 합니다. 중얼거리거나 목소리가 작고 힘없으면 상황을 반전시키기 어렵습니다. 사람은 감정이 흔들리면 호흡이 가빠지고 말이 빨라져 혀도 쉽게 꼬이지요. 그러니 어느 정도의 연습이 필요합니다.

그렇다면 상대가 공개적인 자리에서 모욕성 발언을 할 때 어떻게 대응하면 좋을까요? 이 말이면 충분합니다.

"지금 뭐라고 그랬어요?"

이 한마디로 상대는 물론이고 같이 있던 사람들도 당황할 것이 분명합니다. 2~3초 정도 정적이 흐를 텐데, 여기서 한 번 더 치고 나가세요.

"제가 그동안 좋게 좋게 지내려고 비아냥거려도 다 참고 넘어갔는데요, 앞으로는 좀 안 그랬으면 좋겠는데?"

이렇게 끝을 살짝 올리면서 상대의 대답을 유도하는 겁니다. 담담한 감정을 유지하면서 의사를 명확하게 전달하세요. 아마 상대는 대답을 회피하면서 본심은 그게 아니라는 등 핑계를 댈 것입니다. 상대가 뭐라고 말하든 무표정하게 빤히 바라보세요. 그런 후에는 조금 더 힘이 실린 목소리로 다시 물어보세요.

"아무튼 저는 xx 씨의 행동이 굉장히 불쾌한데, 앞으로 또 그럴 거예요?"

상대는 결국 꼬리를 내리고 수긍하며 대답할 것입니다. 게다가 많은 사람들 앞에서 공개적으로 약속을 한 것이니 아마 더 이상 무례하게 구는 일은 없을 것이고요. 이렇게 공개적인 자리에서 대응하는 모습을 보여준다면, 상대뿐 아니라 다른 직원들에게도 자신이 만만한 사람이 아니라는 인식이 심어지게 됩니다. 물론 이렇게 풀리는 것이 가장 이상적인 상황입니다. 그런데 이것은 상대방이 그나마 정상인 범주에 가까울 때 벌어지는 상황이고, 정말로 답이 없는 수준의 무례한 사람일 경우에는 다른 상황이 펼쳐지겠죠.

상대가 보일 두 번째 반응의 다른 사례를 살펴볼까요? 남들 앞에서 공개적으로 망신을 주는 사람이라면 주변 분위기도 쉽게 악용할 수 있겠지요. 아주 야비한 사람입니다. 사람들이 많은 곳에서 정색하며 대응하기 쉽지 않다는 것을 알면서 그러니까요.

"지금 뭐라고 그랬어요?"

한마디로 물으면 이런 사람은 이렇게 대응할 것입니다.

"xx 씨, 지금 화내는 거야? 왜 그렇게 예민해? 농담인 거 알잖아."

능청스럽게 이 모든 상황을 농담이라는 분위기고 몰고 갈 가능성이 있습니다. 마음이 여린 사람은 여기에서 무너지고는 합니다. 그런 상황에서 다시 정색하고 재반박하기는 더욱 어려우니까요.

하지만 이제부터가 정말 중요합니다. 절대로 어물쩍 넘어가면 안 됩니다. 우선 주변 사람들의 시선은 일절 신경 쓰지 말고 오직 자기 입장과 감정에만 충실해야 합니다. 그 자리에는 단 둘만 있다고 상상하고 이렇게 대답하세요.

"왜 제 기분을 그쪽이 정하는 거죠? 그쪽의 무례함을 제 예민함으로 전가하려는 야비한 행동을 하고 있잖아요."

쉽지는 않겠지만 감정을 가라앉히고 논리적으로 이렇게 반박하세요. 제3자가 보더라도 상대가 잘못된 행동을 했음을 명확하게 지적하는 것입니다. 논리적 우위에 선 발언을 하면 상대는 할 말을 잃게 됩니다. 이 갈등의 원인을 제공한 것은 온전히 상대방입니다. 이 사실을 명확하게 짚어주되 흥분하지 않고 또박또박 전달하면 충분히 위압감을 줄 수 있습니다.

"왜 제 기분을 그쪽이 정합니까?"라고 하면 상대는 당황할 게 분명합니다. 맞는 말이라서 대답하지 못하고 우물거릴 때 타이밍을 놓치지 않고 잽을 날려야 해요.

"제 말에 무슨 문제라도 있어요?"

질문을 던지고 팔짱을 낀 채 가만히 상대의 눈을 쳐다보세요. 죽일 듯 노려보기보다는 여유 있는 무표정이 훨씬 효과적입니다. 상대가 1~2초라도 머뭇거린다면 이 싸움은 이긴 것입니다. 자, 마지막으로 쐐기를 박아주세요.

"할 말 없죠?"

상대는 머릿속으로 온갖 생각을 하겠지만 결국 아무 말도 할 수 없을 것입니다. 이런 상황일 때 중요한 것이 하나 있습니다. 단 몇 초라도 '싸늘한 분위기'를 만들어야 합니다. 상대가 할 말을 찾다가 결국 자기 잘못을 시인할 수밖에 없도록 분위기를 조성하는 것이 중요합니다. 결국 세 문장으로 요약할 수 있습니다. 언제라도 대응할 수 있도록 거울을 보며 아래 세 문장만 연습하세요. 어떤 무례한 대우를 받더라도 충분히 대처할 수 있을 것입니다.

"지금 뭐라고 그랬어요?"
"제 말에 문제 있나요?"
"지금 할 말 없으시죠?"

이 세 마디만 자연스럽게 할 수 있다면 누구도 당신을 허투루 대하지 못할 것입니다. 성격이 여린 사람은 이런 말도 하기 어려울 수 있습니다. 그렇지만 연습하고 실제로 해보면 별 것 아닙니다. 자신을 지켜낼 수 있습니다.

논리적 우위에 선 발언을 하면 상대는 할 말을 잃게 됩니다.
이 사실을 명확하게 또박또박 전달하면 충분히 위압감을 줄 수 있습니다.

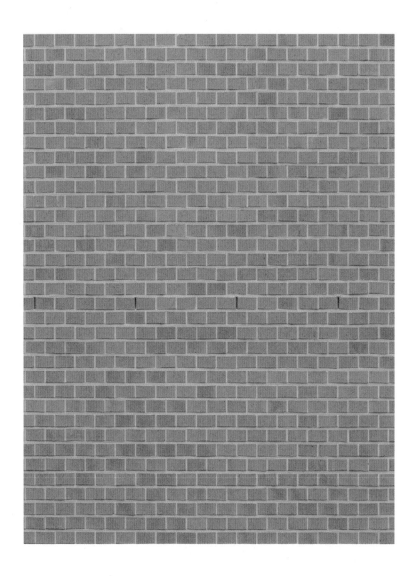

우리는 덩치 좋은 사람에게만 두려움을 느낄까?
한 사람의 무게감은 외형에서 나오지 않는다

제가 영상을 통해 관계의 갈등을 어떻게 해결하는지 소개할 때면 늘 이런 댓글이 달립니다.

"그건 감성대디님의 강한 인상과 큰 체격 덕분에 가능했던 일 아닌가요?"

어느 정도는 일리 있는 지적입니다. 그러나 관계를 풀어갈 때 인상과 체격이 전부는 아닙니다. 위협적 외모와 커다란 체격이 도움되는 경우도 분명 있습니다. 특히 남성의 경우 낯선 사람과 물리적 충돌이 일어났을 때가 그렇습니다. 서로 시비가 붙은 상황에서 큰 체격을 갖추고 있다면 상대가 쉽게 건드리지 않죠. 그렇지만 학교나 직장이라는 특정 조직 안에서 생활할 때는 외적 요소의 영향은 상대적으로 떨어지기 마련입니다.

제가 인테리어 목공팀에서 일할 때 한 목수가 새로 합류했습니다. 키는 188cm 정도로 크고 인상도 매우 강했습니다. 솥뚜껑만 한 손바닥에 힘도 보통이 아니어서 저희 팀원들 모두 자연스럽게 그를 주목했지요. 그런데 딱 2주 정도 지나자 누구도 그를 두려워하지 않게 되었습니다. 무엇보다 행동이 외모와 다르게 너무 방정맞았습니다. 대화를 나누려 하면 그는 음담패설이나 왕년에 잘나갔던 경험만 읊어 댔습니다. 언행이 가볍다 보니 사람들은 그를 우습게 보기 시작했고, 나중에는 대놓고 무시하기도 했지요.

그가 팀에 합류한 지 한 달쯤 됐을 때 회식 자리에서 술에 취해 탁자를 엎는 일이 발생했습니다. 첫인상은 무서웠지만 그 순간 그렇게 한심해 보일 수 없었습니다. 그 일을 계기로 그는 팀을 나갔습니다.

사람과 사람이 모여 집단을 이루면 서로 탐색하기 마련입니다. 외모가 강해 보이고 체격이 거대해도 품행이 경박하거나 일에 어설프고 감정을 쉽게 드러내는 사람이라면 누구도 그를 두려워하지 않을 것입니다. 한 사람의 무게감이란 외적인 것에서 나오지 않습니다.

그래서 반대의 경우도 존재합니다. 외모는 약해 보이는데 존재감은 거대한 사람이 있습니다. 제가 목수로 일하던 현장에서는 금속팀의 업무가 매우 거친 편입니다. 어느 날 그 팀에 막내가 들어왔는데 160cm 정도의 키에 마른 체구였습니다. 게다가 갓 20살이라서 사회 경험도 없어 보였어요. 아무래도 신체를 많이 쓰는 현장이다 보니 작고 왜소한 데다 나이까지 어린 사람을 얕잡아보는 경향이 있습니다. 지도 속으로 '지 친구는 오래 못 버티겠다' 생각했지요. 이리고 약해 보이는 그가 거칠고 터프한 금속팀 아저씨들을 감당하기는 버거워 보였습니다.

한동안 잊고 지내다가 6개월 정도 지났을 때 현장에서 그 친구가 일하는 모습을 보았습니다. 의외라는 생각에 금속팀 반장에게 물었지요.

"와, 형님, 저 막내 친구 금방 그만둘 줄 알았더니 오래 버티고 있네요?"

"쟤? 아휴, 말 마라, 말 마. 무서운 놈이야."

"왜요?"

"아, 저놈은 말 한마디를 안 져. 따박따박 맞는 말로만 대꾸한다니까? 쟤는 안 건드리는 게 나아."

현장 공사가 보름 정도 지속되었기에 그를 유심히 지켜볼 기회가 있었습니다. 커다란 호기심이 들었습니다. 저는 함께 일하면서 그가 어떤 태도로 일하는지 지켜보았습니다. 우선 말을 할 때 상대의 눈을 피하지 않고 매우 큰 목소리로 또박또박 이야기하는 모습이 눈에 들어왔습니다. 말과 행동은 예의를 갖추고 있었고 두 눈에는 힘이 있었죠. 그리고 감정 변화를 겉으로 드러내지 않았습니다. 기분이 좋은지, 화가 났는지, 힘든지, 직접 묻기 전까지는 도무지 알 수 없었습니다. 하지만 자기가 생각할 때 부당하다 싶으면 곧바로 말을 꺼냅니다. 쉬는 시간에는 사람들의 대화에 끼지도 않으면서 금속팀과도 일정 거리를 두었습니다. 보름간 그를 지켜보니 알 수 없는 아우라가 느껴지더라고요. 금속팀 아저씨들이 나이와 상관없이 그를 조심스럽게 대하는 이유를 알 수 있었습니다.

관계에서 체격과 인상 같은 외적 요소도 당연히 영향을 미치겠지요. 하지만 그보다는 평소의 언행과 품행이 더 중요합니다. 말 한마디, 행동 하나하나에서 무게감이 느껴진다면 사람들은 그를 절대로 함부로 대하지 못합니다. 강한 인상은 관계의 초반에 아주 잠깐 효과적일 뿐입니다. 아무리 강한 외모를 지녔더라도 무례하고 부당한 처사를 웃어넘기는 사람이라면 무시당하기 쉽습니다. 반대로 약해 보여도 부당한 대우를 그냥 넘기지 않고 조목조목 따지며 자기 목소리를 확실히 내는 사람은 누구에게도 무시당하지 않고 존중받을 수 있지요.

인간관계에서 체격과 인상 같은 외적 요소도 당연히 영향을 미치겠지만 그보다는 평소의 언행과 품행이 더 중요합니다.

호구 되지 않는 법칙
바둑판 위에 의미 없는 돌은 없다

좋은 표현은 아니지만 '호구'라는 표현은 일상에서 참 많이 사용됩니다. 많은 사람들이 제게 묻습니다.

"어떻게 해야 사회생활을 하면서 호구가 되지 않을 수 있나요?"

호구와 관련해서는 몇 가지 원리와 공식이 있습니다.

호구란 "어수룩하여 이용하기 좋은 사람을 비유적으로 일컫는 말"입니다. '어수룩하다'는 "약지 않고 순진하여 넉넉하다"는 사전적 의미입니다. 저는 드라마 〈미생〉의 이 대사에서 호구에 대한 공식을 발견했습니다.

"사람은 누구나 자기만의 바둑을 둔다."

누군가에게 종종 감정적 공격을 당하는 사람, 억울한 일을 겪는 사람은 이 대사를 꼭 기억하세요. 우리는 매번 관계에서 바둑을 두고 있는 것입니다.

인간은 본능적으로 자신의 이익을 좇는 존재입니다. 당신이 이기

적이지 않은 편이라 해서 다른 사람들도 모두 착하다고 가정하지 않는 것이 좋습니다. 사회에서 다양한 사람들을 만날 때, 속으로는 '이 사람은 이기적이고, 언제든 기회가 되면 내 영역을 침범할 수도 있는 사람'이라고 가정하는 편이 오히려 낫습니다.

일단 이렇게 가정하고 행동하는 것이 호구당하지 않는 비결입니다. 물론 속으로 그런 마음을 먹었다 해서 느닷없이 공격적으로 행동하라는 말은 절대 아닙니다. 사회는 일종의 정글입니다. 법과 제도가 있다고는 하지만 약하게 보여서는 안 됩니다. 스스로 자신을 지킬 수 있어야 합니다.

휴대폰이나 중고차 영업하는 사람에게 가장 만만한 타입이 누구일까요? 설명을 듣고 잘 이해하지 못했는데도 웃으면서 "아~" 하고 받아주는 고객입니다. 호의를 보이며 그들에게 공감하고 호응해주면 그들은 슬금슬금 선을 넘습니다.

"다른 데 가도 다 똑같아요."

"제가 설명드렸잖아요."

이러한 식으로 은근슬쩍 선을 침범하면서 고객을 호구로 대하기 시작합니다. 그들의 말이 이해되지 않을 때는 다시 설명해달라고 똑부러지게 요청하거나 거절 의사를 명확하게 밝혀야 합니다. 마음이 여린 사람은 납득되지 않는 상황에서도 마음에 없는 호응을 해줍니다. 그런 행동은 자신의 땅을 스스로 상대에게 내어주는 것과 같습니다. 대국을 하는데 상대가 유리하도록 내 소중한 돌을 두는 셈이죠. 앞서 말했듯 갑자기 기싸움을 걸거나 과잉방어를 하라는 뜻이 아닙니다. 편안하게 바둑을 두되 상대가 나를 만만하게 보면 제대로 응수해야 한다는 말입니다.

그런데 상대가 내게 악의를 가졌는지 아닌지 모호한 경우가 있습니다. 바둑에는 이런 격언이 있지요.

"바둑판 위에 의미 없는 돌은 없다."

오래전 기원에 놀러 갔다가 프로 바둑기사를 지망하는 초등학생과 대국한 적이 있습니다. 처음에는 편한 마음으로 시작했는데 대국이 진행될수록 그 마음은 사라졌습니다. 학생은 놓는 수가 점차 쌓이자 과감한 공격을 시작했습니다. 한 수, 두 수 학생이 돌을 놓을 때마다 저는 속수무책이었고 아무리 방어해도 도망갈 곳이 없었습니다. 그렇게 제 땅을 모두 가로채며 저를 쓰러뜨린 학생의 얼굴은 더는 앳되어 보이지 않았습니다. 거대한 바위처럼 큰 존재감이 느껴졌습니다.

바둑을 잘 두는 사람들의 한 알, 한 알에는 모두 의미가 있습니다. 대충 두는 법이 없습니다. 바둑은 땅을 따 먹는 게임입니다. 내 땅과 네 땅이 분명하게 존재하고, 어떻게 해야 상대를 침범할 수 있는지 유심히 지켜봐야 합니다. 고수일수록 대놓고 처음부터 침범해오지 않습니다. 아주 서서히 포석을 깔면서 은근하게 목을 조여 옵니다. 일종의 탐색전이죠. 상대의 실력이 어느 정도인지, 상대가 내 공격을 눈치챘는지 파악하는 과정이 이루어집니다. 그러다가 상대의 반응이 어리숙하고 둔하다 싶으면 바로 치고 들어옵니다.

그런데 하수들은 이러한 포석을 보지 못합니다. 상대가 자신을 집어삼키기 위해 포석을 깔고 있는데, 이게 공격인지를 모릅니다. 그러다가 방어도 반격도 못한 채 속수무책으로 당하고 경기는 한순간에 끝나버립니다. 상대가 자신의 땅에 깊숙하게 침투해 다 빼앗아가야 비로소 끝났음을 깨닫게 됩니다.

이 바둑 이야기를 인간관계에 그대로 적용할 수 있습니다. 우리가 어수룩하고 쉽게 보일수록 상대는 교묘하게 공격할 준비를 마치고 있습니다. 상대의 공격이 시작된 지 한참이 지나고서야 후회하지만 이미 늦은 경우가 대부분입니다.

'아, 아까 이렇게 말할 걸…'

'내가 먼저 말했으면 되는 거였는데…'

'다음에도 이런 일을 당하면 꼭 이렇게 대응해야지.'

이렇게 모호하게 공격하는 사람에게는 어떻게 대응할 수 있을까요? 그게 공격인지 아닌지는 어떻게 분간할 수 있을까요? 단 한 가지를 기준으로 제시하고 싶습니다. 바로 이 질문입니다.

'지금 내 기분이 불쾌한가?'

분한 일, 불쾌한 일을 겪었을 때 자신의 감정에 충실하려고 노력하세요.

술자리에서 한 친구가 내게 툭 던집니다.

"야, 너 오늘 왜 그렇게 옷을 거지같이 입고 왔어?"

이러한 사람들은 대놓고 무례하지 않고 농담하듯 실실 웃으면서 툭툭 들어오기 때문에 둔감하고 어수룩한 사람은 미쑥하게 웃으면서 상황을 넘기려 합니다. 자신의 감정에 충실해지는 일에도 연습이 필요합니다. 그렇지 않으면 감정을 누르고 화를 내야 할 타이밍을 놓치고 말죠. 심지어 자신을 불쾌하게 만든 사람을 배려까지 하는 우를 범하기도 합니다.

'내가 여기서 화를 내면 분위기만 깨지 않을까? 오히려 나만 이상한 사람처럼 보이는 거 아닐까?'

화를 내야 할지 말지 혼란스러워 합니다. 최악의 경우는 자기 책망입니다.

'오늘 내가 이상하게 입고 왔구나.'

그러면서 무례한 상대를 이해하려 듭니다. 그러고는 화내지 않은 자신의 태도에 정당성을 부여합니다. 그렇게 좋지 않은 기분으로 술자리에 있는데 아까 그 친구가 결정적 한 방을 먹입니다.

"아, 자식. 아까 농담 좀 했다고 표정이 썩었네, 썩었어. 미안하다. 장난인 거 알지?"

하지만 이미 늦었습니다. 친구는 내 땅을 한참 침범한 뒤입니다. 이 정도 상황이라면 내가 그 사과를 받아들이지 않으면 옹졸한 사람이 되고 맙니다. 내 기분은 나쁜데 사과를 받아야만 하지요. 땅을 슬금슬금 다 빼앗긴 것입니다. 이러한 사람은 다음번에도 내 땅을 빼앗을 확률이 높습니다.

그러므로 평소 자신의 감정에 충실하면서 '내 기분이 불쾌한가?'를 알아차릴 수 있어야 합니다. 지금 내가 어떤 감정인지 정확히 점검하는 습관을 들이세요. 반격은 못해도 방어는 할 수 있어야 합니다. 방어하는 방법은 간단합니다. 내가 불쾌하다면 절대로 맞장구치지 마세요. 무표정하게 가만히 있든, 맥주잔을 쾅 내려놓든, 상대의 눈을 빤히 응시하든 표현을 해야 합니다. 이렇게 불쾌함을 표시하면서 딱 3초 간 싸늘한 분위기를 만들어야 합니다.

분위기를 깰 것 같아, 혹은 내가 이상한 사람으로 보일까봐... 이러한 이유로 그냥 넘기지 마세요. 이것은 착한 게 아니라 어수룩한 것에 가깝습니다. 침범당하는 내 땅을 두 손 놓고 바라만 보는 일은 그만두어야 합니다. 내 땅을 짓밟는 적군의 기분을 살피는 일도 그만두어야 하죠.

방어하는 것은 내 땅에 선을 긋는 일입니다. 상대는 내 땅의 어디까지 들어올 수 있는지 파악할 테고, 앞으로는 더욱 조심스러운 태도를 보일 것입니다. 물론 쉽지는 않을 것입니다. 바둑도 많이 둔 사람이 잘하듯 인간관계에서도 방어와 공격을 많이 해본 사람이 잘합니다. 하지만 누구라도 연습하면 할 수 있습니다.

어느 정도는 상대에게 두려운 존재가 되어야 합니다. 덩치와 목소리를 키우라는 이야기가 아닙니다. 누군가 건드렸을 때 '나는 가만히 있지 않는 사람'이라는 것을 보여주어야 합니다. 자신의 감정에 충실해야 자신을 지킬 수 있습니다. 내 영역을 스리슬쩍 침범하고 땅을 빼앗으려는 사람을 그냥 두지 마세요. 그 순간만큼은 분위기를 불편하게 만드는 사람이 되어도 괜찮습니다. 중요한 것은 나 자신을 지키는 일이니까요.

인간은 본능적으로 자신의 이익을 좇는 존재입니다.
당신이 이기적이지 않은 편이라 해서
다른 사람들도 모두 착하다고 가정하지 않아야 합니다.

13

무작정 미국으로 가서 얻은 것들

정해진 시간표에 따라 살기보다는 인생에서 후회를 남기지 않는 경험을 하는 것도 필요합니다. 특정 분야에 재능이 있는지 없는지 판단하려면 어느 정도는 그 분야에 뛰어들어봐야 합니다. 그렇게 자신이 직접 선택한 일을 해보면 '이것은 나의 길', '이것은 내가 가서는 안 되는 길'이라는 판단을 빠르게 내릴 수 있습니다.

미국 생활에서 얻은 3가지 가치
야심 찬 포부 같은 것은 없었다

누구나 한 번쯤은 삶을 바꿀 만큼 큰 사건을 만납니다. 제게 그 사건은 앞에서도 말했던 고등학생 시절의 미국 여행입니다. 미국에 살던 작은아버지 방문 겸 다녀온 짧은 여행이 제게 남긴 충격은 절대 작지 않았습니다. 이전까지 나름으로 구축해온 나만의 세계관은 미국에 도착하자마자 다 무너져버린 느낌이었습니다. 나의 존재감이 얼마나 약한지 여실히 깨달았지요. 뉴욕에 다녀온 후 야심 찬 목표까지 품었습니다.

'나중에 꼭 미국에서 살고 말겠다.'

시간이 흘러 제대한 지 얼마 되지 않아 미국에 갈 기회가 다시 찾아왔습니다. 매형의 지인이 LA에서 패션 광고회사를 운영 중이었습니다. 마침 예술고등학교를 졸업하고 대학에서 사진을 선공한 이력이 있어 인턴으로 일할 기회를 얻은 것입니다. 그때만 해도 패션 사진작가로 성공하겠다는 야심 찬 포부 같은 것은 없었습니다. 그저 또 미국에 간다는 사실만으로도 벅찼습니다.

'우선은 살아보자.'

일단 살아봐야 그 나라에 대해 알 수 있다고 생각했지요. 두 번째 미국행이 제 인생에 얼마나 큰 영향을 끼칠지 전혀 짐작하지 못한 채 저는 LA로 향했습니다. 그곳에서 저는 세 가지 인생 교훈을 얻었습니다.

첫째, 어른의 무게를 느꼈습니다.

둘째, 나는 누구인지 깨달았습니다.

셋째, 돈 주고도 못 살 값진 경험들을 체득했습니다.

일단 살아봐야 그 나라에 대해 알 수 있습니다.

어른의 무게를 느끼다
스스로 선택하는 삶을 살려고 노력하라

LA로 향하기 전의 저는 근거 없는 자신감으로 가득한 청년인 동시에 여전히 철없는 학생이었습니다. 아르바이트를 쉰 적은 거의 없지만 용돈 벌이 정도였고 부모님이 주신 등록금으로 편하게 대학을 다녔으니까요. 부끄럽지만 학교 근처에서 자취하며 노는 것이 일상이었습니다. 전역했지만 여전히 '어른의 무게'와는 거리가 먼 생활을 이어갔습니다. 그처럼 안일하게 지내다가 약육강식의 정글인 미국으로 향했습니다.

순진하고 철없는 청년에게 미국에서의 생활은 한없이 냉혹하게 다가왔습니다. 도착한 지 얼마 되지 않아 곧바로 체감할 수 있었습니다. 끊임없이 일해야만 살아남을 수 있었거든요. 제가 거주하던 몇 평 되지 않는 공간마저도 월세가 어마어마했습니다. 이를 감당하려면 정말 닥치는 대로 일해야만 했습니다.

아침에 눈을 뜨면 스튜디오로 향하고, 퇴근하자마자 다른 아르바이트를 하러 갔습니다. 스시바를 비롯해 각종 식당과 바(bar), 나를 써주는 곳이라면 어디든 가리지 않았습니다. 밤 12시가 다 되어 일을 마치면, 이번에는 대리운전을 하러 이동했습니다. 자연스레 수면 시간은 줄어들었습니다. 하루에 서너 시간 남짓 간신히 눈을 붙여가며 무지막지하게 일했으나 결코 제가 성실해서 그랬던 것이 아닙니다. 어떻게 그런 힘든 시간을 견뎠냐고 누군가 묻는다면 간단히 대답합니다.

"그저 살아남기 위해서 일했지요."

인간이 '생존'을 향해 나아갈 때 말로 다 할 수 없는 동력이 생겨납니다. 극한의 환경에 몰리자 저처럼 안일한 사람도 이렇게 바뀔 수 있다는 사실을 체감했습니다. 미국에 발을 딛고 가까스로 적응해가던 그 시기는 결코 되돌아가고 싶지 않은 순간이지만 제 인생에서 가장 값진 시간이었다고 자신 있게 말할 수 있습니다. 지금의 제가 어떤 힘든 일이 닥쳐도 언제나 웃으면서 대처할 수 있는 원동력 또한 이 시절 극한의 경험 덕분입니다.

미국 생활을 돌아보면, 감히 '인생의 진리'를 경험했다고 생각합니다. "어른의 무게는 그냥 얻어지지 않는다"는 진리 말이지요. 누구나 삶의 어느 시점에서는 온전히 어른이 되어야 합니다. 그리고 그 순간은 자신이 오롯이 선택한 일을 끝까지 책임질 때 찾아옵니다. 제가 미국에서 반강제적으로 어른의 무게를 체감했을 때처럼요.

미국에서의 이 경험 이후로 저는 온전히 스스로 선택하는 삶을 살려 노력했습니다. 그에 따른 책임 역시 제가 지려 무던히 애썼습니다.

나이만 먹고 말로만 어른 행세를 하는 것이 아닌, 모든 순간을 자신이 선택하고 책임지겠다는 태도를 갖게 되었습니다.

아쉽게도 수많은 우리나라의 청년들은 이러한 삶을 살지 못하는 듯합니다. 자의든 타의든 부모와 사회의 눈치를 보게 되고, 자신의 판단을 믿고 밀고 나가는 연습을 하지 못하는 것 같습니다. 저는 비교적 이른 나이에 미국이라는 정글을 경험했기에 그나마 철이 들고 어른스러워진 듯합니다. 이때의 경험들이 유튜브 채널 운영에도 큰 밑거름이 되어줍니다.

누구나 삶의 어느 시점에서는 온전히 어른이 되어야 합니다.
그 순간은 자신이 오롯이 선택한 일을 끝까지 책임질 때 찾아옵니다.

나는 누구인가
고급 오픈카가 만들어준 DJ라는 직업

혹독했던 미국 적응기는 삶의 원동력을 만들어준 동시에 나 자신을 처절하게 돌아보는 계기가 되었습니다. 비로소 '나는 누구인가?'라는 질문 앞에 마주한 것이지요. 흔히 외국에 가면 낯선 곳에서 자기 자신을 객관적으로 볼 수 있다고 합니다. 자신의 일상과 완전히 다른 문화와 환경에 놓여보면 자기 자신을 다르게 볼 수 있는 기회가 생기기 때문입니다.

저의 미국 생활이 그랬습니다. 한국에서는 자신감을 갖고 살던 저였지만 미국에서는 그저 영어에 서툰 동양인일 뿐이었습니다. 누구에게도 관심 받지 못하는 이방인에게 뉴욕은 정말 거대한 세계였습니다. 뉴욕이라는 거대함과 저라는 미미함의 간극은 너무나 크게 다가왔습니다. 존재감에 대한 고민을 이어가다가 문득 이런 생각이 들었지요.

'더는 이렇게 미미한 존재로 살기 싫다. 하고 싶은 건 다 해보고 죽

는 게 맞지 않겠나.'

저는 어려서부터 사진작가를 꿈꾸었습니다. 자연스럽게 예술고에 진학했으며 대학도 사진학과를 선택할 정도로 확신이 강했습니다. 전적으로 제 선택이었기에 다른 길을 살펴볼 여유도 없었습니다. 부모님의 피 같은 돈과 헌신, 뒷바라지 덕분에 갈 수 있던 저의 길이었으니까요.

그렇게 살아왔지만 '존재감'과 '정체성'에 대한 본질적 고민이 시작되자 점차 '사진'이라는 제 진로가 갑갑하게 생각되었습니다. 답답한 마음에 쉬는 날에는 산타모니카 해변에서 멍하니 바다를 바라보며 상념에 빠졌습니다. 그러던 어느 날, 자신과 내면의 대화를 이어가다가 '사진을 그만두고 싶다'는 마음을 알아차렸지요.

그 무렵, 즐겨 찾던 산타모니카 해변에서 저는 삶의 다른 길목으로 들어섰습니다. 여느 때처럼 주차를 한 뒤 바다를 바라보는데 어디선가 음악 소리가 들렸습니다. 가볍고 흥겨운 비트와 리듬은 생전 처음 듣는 음악이었습니다. 근처에 있던 사람들이 하나둘 그곳으로 향했고 저 역시 홀린 듯 발걸음을 옮겼습니다. 한 DJ가 부스를 차리고 디제잉 공연을 하고 있었습니다.

처음 들어보는 장르의 음악은 온몸에 소름이 돋을 만큼 강렬하게 저를 사로잡았습니다. 흰 수염을 길게 늘어뜨린 DJ는 50대 후반 정도로 보였는데, 그가 보여주는 바이브는 나이를 짐작할 수 없게 했습니다. 고되기만 했던 미국 생활에서 처음 희열을 느낀 순간이었죠. 저는 처음 본 사람들과 함께 춤을 추며 맥주를 마셨고 4시간가량 공연을 미친 듯 즐겼습니다. 낯선 음악의 정체가 궁금했던 저는 옆에서 즐기는 사람에게 물었습니다.

"이 음악, 도대체 무슨 장르야?"

"처음 들어? 하우스뮤직(House Music)이잖아!"

그는 이 장르가 너무 매력적이고 신난다며 연신 환호하는 제게 어느 클럽에서 하우스뮤직 대형 공연이 열린다며 주소를 알려주었습니다. 마침 진로를 깊이 고민하던 저는 그의 초청이 예사롭지 않게 들렸습니다. 한 번 더 공연을 즐긴 후 전에는 상상조차 한 적 없던 결심을 하게 됩니다.

'하우스음악을 해야겠다.'

느닷없이 DJ로 성공하고 싶었던 것은 아닙니다. 그저 마음이 갈대같던 시기에 공연이 주는 희열을 접하자 나만의 음악을 만들고 공연하고 싶었습니다. 본능에 가까운 이끌림이었습니다. 이후로는 시간날 때마다 공연을 찾아가 즐겼으며, 관련 일을 하는 사람들과도 친분을 쌓았습니다. 제 진지한 태도를 본 그들은 본격적으로 음악을 배우려면 DJ크루팀에 들어가라고 조언해 주었습니다.

우여곡절 끝에 저는 LA에 있는 한 크루팀에 들어갈 기회까지 얻었습니다. 하고 있던 사진 일을 곧바로 그만두었고, 팀에 합류하기 전까지 2주 간 쉬는 시간을 가졌습니다. 그런데 약속된 2주가 지났는데도 크루팀의 연락이 없었습니다. 당황스러운 마음에 전화를 걸어 확인해 보니 팀에서 탈퇴하기로 한 사람이 마음을 바꾸는 바람에 제 자리가 없어졌다는 이야기를 들었습니다. 사진 일까지 그만두고 완전히 새로운 모험을 준비하던 제게는 청천벽력 같은 소식이었습니다.

사진을 그만둔다고 했을 때 대학 동기들은 제게 미쳤다고 했습니다. 어떻게 가게 된 미국인데 그동안 해온 일을 그만두고 뜬금없이 음악을 하냐고요. 친구들은 그렇다 치고 무엇보다 부모님이 걱정됐습니다. 아직 이 사실을 모르시는데 얼마나 충격을 받으실까 내심 두려웠습니다. 이미 이러한 중압감이 나를 내리누르고 있는데 정작 크루 팀에서 자리가 없다고 하니 그야말로 멘붕이었습니다. 그래도 자리가 생기면 연락 주겠다는 말을 굳게 믿고 묵묵히 기다렸습니다. 연락이 오면 바로 움직일 수 있어야 했기 때문에 다른 아르바이트를 구하지도 않은 채로요.

그렇게 시간은 속절없이 흘렀습니다. 1주, 2주, 한 달이 지났습니다. 중압감, 긴장과 불안에 사로잡혀 한번도 겪어본 적 없던 무기력증을 겪게 되었습니다. 상태는 꽤 심각했습니다. 한 번은 배가 고파 식탁에 놓인 빵을 먹으려는데 식탁까지 가는 길이 마치 에베레스트 등반처럼 힘들었습니다. 생각은 복잡했고 마음은 불안했습니다. 집에서 빵과 과자, 우유 따위를 먹으면서 지냈는데 이런 상태가 지속되니까 입맛이 뚝뚝 떨어졌습니다.

문득 이렇게 사람이 망가지고 죽겠구나 싶었죠. 그때부터는 정신을 차리려고 간신히 몸을 이끌고 밖으로 나가 무작정 거리를 걸었습니다. 걷고 또 걷는 날이 이어졌습니다. 마치 걷기 위해 사는 사람처럼요. 아침 9시에 집을 나서 밤 10시가 넘어 들어오는 날도 있었습니다. 그러던 어느 날, 공원 벤치에 앉아 곰곰이 생각했습니다.

'내가 왜 이렇게 무너졌나?'

몇 달간 일어났던 일들을 순서대로 반추해보니, 정말 신기하게도 복잡한 생각들이 하나씩 정리되기 시작했습니다. 어떤 생각이 저를 그토록 괴롭혔는지 하나하나 마주한 기분이었죠.

처음 든 생각은 전공인 '사진'이었습니다.

'과연 이것을 그만두는 게 맞을까?'

여유를 가지고 생각하니, 지금 그만둔다 해도 나중에 하고 싶어지면 그때 다시 하면 될 것 같았습니다. 또 지금 음악이 너무 하고 싶은데, 할 수 있을 때 하지 않으면 두고두고 후회할 것 같았습니다.

다음으로는 부모님을 떠올렸습니다.

'부모님을 설득할 수 있을까? 걱정하시지 않을까?'

강한 우려심이 들었습니다. 그렇지만 결국 내 인생은 내가 살아내야 한다고 생각했습니다. 분명 충격은 받으시겠지만 어쩔 수 없는 일이라 생각했습니다. 그렇게 부모님에 대한 걱정도 내려둘 수 있었죠.

다음으로는 친구들의 시선에 대해 생각했습니다. 그러다 문득, 친구와 지인들이 어떻게 보든 그게 무슨 상관인가 싶더라고요. 제가 잘해낸다면 주위의 시선은 다시 바뀌리라는 확신도 들었습니다. 마지막으로 '음악'을 생각했습니다. DJ크루팀에서 연락이 안 오면 어떻게 할지 스스로 대답해야 했죠. 그런데 음악을 하는 쪽으로 마음이 기울어지니 이것도 큰 문제로 느껴지지 않았습니다. 그곳에서만 음악을 배울 수 있는 것은 아니니까요.

'당장 다른 곳을 찾아보면 되잖아?'

생각이 들자 이내 마음이 편해졌습니다.

이렇게 복잡한 생각들이 하나둘 정리되었습니다. 도대체 왜 한 달이나 집에 콕 박혀서 우울과 허무에 허우적댔는지 어이없을 지경이었습니다. 이렇게 다시 정신을 차린 날을 지금도 생생히 기억합니다. 7월의 마지막 주 목요일이었는데, 마음을 다잡고 거울을 들여다본 저는 깜짝 놀라고 말았습니다. 나름 외모에 자신 있는 편이었는데 거울 속에는 폐인처럼 볼품없는 몰골을 한 남자가 있었거든요.

한 톨의 자신감도 찾아볼 수 없는 제 몰골을 마주하자 문득 주말 동안 한번 신나게 놀면서 쉬어야겠다는 마음이 들었습니다. 미국에 온 뒤로 관광은 꿈도 꾸지 못할 만큼 쉬지 않고 일만 했습니다. 일만 하느라 여기가 LA인지 이태원인지 분간이 어려울 정도였죠. 한동안 무기력하게 폐인처럼 지낸 나 자신에게 보상을 주고 싶었습니다.

'놀면서 활력을 되찾아야겠다. 활력을 찾은 후 음악을 배울 수 있는 곳을 찾아보자.'

자신이 불쌍하게 느껴졌던 저는 주말을 좀 과하다 싶을 만큼 호화롭게 보내기로 마음먹었습니다. 수중에 딱 3,000달러가 있었습니다. 월세가 100만 원에 달했고 물가도 센 편이라 3,000달러는 그렇게 큰 돈이라 할 순 없었습니다. 그런데 주말에 놀아야겠다는 생각이 들었을 때는 나를 위해 돈을 아끼지 않고 하고 싶었던 것을 다 해보고 싶었어요.

특히 전부터 꼭 한번은 해보고 싶었던 소망이 있었습니다. 뚜껑이 열리는 스포츠카를 타고 싶었는데 바로 이때다 싶었습니다. 호기롭게 사흘간 렌트비가 1,000달러인 스포츠카를 빌렸습니다. 수중의 자산을 생각하면 거의 미친 짓이었지만 너무 암담한 한 달을 보낸 직후여서인지 대담하게 굴었습니다. 차를 빌려 LA 다운타운부터 베니스 비치, 산타모니카 비치, 라구나 비치를 달렸습니다. 아주 크게 음악을 틀고 드라이브를 하며 모든 잡념을 날려버리려 했지요.

차를 몰고 달리다가 배가 고프면 고급 단지로 유명한 베벌리힐스의 레스토랑으로 향했습니다. 호화로운 식사를 하며 2~3일을 보냈습니다. 안 해 본 경험을 신나게 하고 나니까 신기하게도 나 자신을 돌본다는 기분이 들었고, 스스로 괜찮은 사람이 된 것 같다는 생각이 들면서 자신감도 되찾을 수 있었습니다.

짧은 호사를 누리고 마침내 차를 반납해야 하는 일요일이 되었습니다. LA에는 멜로우즈라는 동네가 있는데, 서울의 동대문처럼 옷가게들이 몰려있는 곳입니다. 반납하기 전에 잠깐 그곳에 들려 차를 대놓고 음악을 크게 틀어놓고 있었습니다. 그런데 한 백인 남자가 제 쪽으로 다가오더니 말을 건넸습니다.

"와, 네 차 죽인다. 좀 봐도 될까?"

마음껏 구경하라고 했습니다. 연신 감탄하던 그는 물었습니다.

"이 차, 얼마 주고 샀어?"

저는 솔직하게 내 차가 아니라고 대답하고 이제 곧 반납해야 한다고 덧붙였습니다. 그러자 그는 미친 듯 웃으며 도대체 왜 차를 빌렸냐고 물었습니다.

"죽기 전에 이 차를 한번 몰아보고 싶었거든."

이 대답에 그는 더 크게 웃어댔습니다. 우리는 대화를 이어갔습니다. 차를 반납하기 직전에 만난 친구와 그렇게 한참 동안 이야기를 나눴습니다. 그간 제가 겪은 일의 자초지종을 설명하자 놀란 그는 이런 제안을 했습니다.

"나는 아바론이라는 클럽에서 일하는데, 매니저에게 네 이야기를 해주지."

아바론은 LA에서 제일 큰 클럽이라 저도 알고 있는 곳이었습니다. 반가운 마음에 연락처를 교환하고 헤어졌습니다. 그날 밤 바로 연락이 왔고 면접 미팅까지 일사천리로 진행됐습니다. 며칠 뒤 면접에서 매니저는 저를 매우 마음에 들어 했습니다.

그렇게 저는 아바론 클럽의 DJ 크루팀에 들어갔습니다. 참 절묘한 우연이 아닐 수 없습니다. 인생은 정말 어디로 흘러갈지 알 수 없습니다. 그렇게 그곳에서 음악 일을 배우기 시작했습니다. 바텐더 일도 겸하면서요. 미국엔 팁 문화가 자리 잡고 있어서 어떤 날에는 하루 팁으로 2,000달러를 받을 정도로 수입도 좋았습니다. 클럽에서 음악을 하며 바텐더로 일한 경험은 제 인생에서 가장 신나고 행복한 시기였습니다. 힘들게 지낸 시절에 대한 보상이었는지, 아니면 본능에 이끌린 시도들 덕분인지는 모르겠습니다. 저는 무언가에 홀린 듯 사진 일을 내려두고 음악을 시작할 수 있었습니다.

인생은 정말 어디로 흘러갈지 알 수 없습니다.
할 수 있을 때 하지 않으면 두고두고 후회할 것입니다.

돈 주고도 못 살 값진 경험들
의미 없는 도전? 하지 않은 후회!

저는 우연히 만난 귀인 덕분에 원하던 음악을 할 수 있었습니다. 그 뒤로는 어떻게 되었을까요? 음악으로 계속 승승장구하면서 유명한 DJ나 프로듀서가 되었다면 그야말로 '아메리칸 드림'을 이뤘겠지만 현실은 영화와는 달랐습니다. 2년 동안 깊이 몰입하면서 음악을 배우고 공연도 했으나 머지않아 깨달았습니다.

'음악도 내 길이 아니구나.'

저는 음악을 가볍게 여기지 않았습니다. '이게 내 길'이라고 굳건히 믿으며 꽤 진지하게 임했습니다. 그렇지만 노력하면 할수록 타고난 감각과 재능이 탁월한 친구들이 너무나 많다는 것을 뼈저리게 느꼈습니다. 열심히 했던 만큼 음악에 대한 한계 또한 명백해졌습니다. 그 대신 이 길에 들어선 뒤로 전력을 다했기 때문에 놓아버릴 용기가 있었습니다. 살면서 처음으로 특정 분야에 미친 듯 열정을 쏟았고, 그 덕분에 한 톨의 미련이나 후회 없이 음악을 그만둘 수 있었습니다.

언젠가 이러한 고민 사연을 받았습니다.

"고등학교 1학년 아들이 아이돌이 되고 싶어 해요. 댄스 아카데미에 보내달라고 떼를 씁니다."

그러면서 경쟁이 무시무시할 정도로 치열한 아이돌이라니, 허무맹랑한 꿈을 좇는 것 같아서 억장이 무너진다고 했습니다.

한 사람의 진로에 대해 누구도 쉽게 말할 수 없지만 제 경험을 돌아봤을 때 드릴 수 있는 조언이 하나쯤은 있습니다. 인생에서 후회를 남기지 않는 경험을 하는 것도 중요하다는 사실입니다. 특정 분야에 재능이 있는지 없는지 판단하려면 어느 정도는 그 분야에 뛰어들어봐야 합니다. 그렇게 자신이 직접 선택한 일을 해보면, 저처럼 이게 내 길이 아니라는 판단을 빠르게 내릴 수 있습니다.

물론 고등학교 1학년이라면 한창 열심히 공부해야 할 때입니다. 하지만 동시에 공부 외의 재능을 발견할 수 있는 골든타임일 수도 있습니다. 학생이 댄스 아카데미에 가서 춤을 추고 직접 배우다 보면 의외로 '이게 내 길이 아니구나'를 더 빨리 깨달을지도 모릅니다. 반대로 탁월한 재능을 발견해 더욱 깊게 파고들 수도 있고요. 직접 해보기 전까지는 누구도 알 수 없습니다.

제가 미국에서 진로를 고민하던 시절, 음악을 선택하지 않았더라면 어땠을까요? 하던 사진 일을 계속해서 지금은 스튜디오 하나쯤 운영하고 있을지도 모르지요. 그렇다 하더라도 '과연 행복했을까?' 자문해보면 '글쎄'라는 대답밖에 나오지 않습니다. 그때 음악에 대한 제 열정은 대단했습니다. 그럴 때 도전조차 하지 못했다면 꽤 오랫동안,

어쩌면 죽을 때까지 후회와 자책하며 살았을 거예요.

그렇게 염원하던 음악을 2년 하고 그만두었어도 그건 제게 실패가 아니었습니다. 후회가 하나도 남지 않을 만큼 열심히 했고 아주 생소한 분야에 도전했기 때문에 커다란 자부심으로 남아 있습니다. 클럽을 누비면서 공연하고, 음악을 배우고, 좋은 친구들과 쌓았던 20대의 추억은 오늘을 살아가게 하는 훌륭한 밑거름이자 자산입니다.

성공의 정의는 사람마다 다릅니다. 제 기준에서는 '그때 그걸 꼭 해볼 걸 그랬어'라는 후회가 남지 않는 삶이 성공이라 생각합니다. 미국에서 지내는 내내 다양한 인종의 친구들과 어울리며 무수히 부딪힌 경험들은 인생의 탄탄한 가치관이 되었고, 유튜브 운영에도 풍성한 자양분이 되어주었습니다. 세상에 의미 없는 도전은 없습니다. 하지 않은 후회만 있을 뿐입니다.

특정 분야에 재능이 있는지 없는지 판단하려면
그 분야에 뛰어들어봐야 합니다.
자신이 직접 선택한 일을 해보면 이게 내 길이 아니라는 판단을
빠르게 내릴 수 있습니다.

14

3개월 만에 결혼할 수 있었던 이유

삶을 더 다채롭게 물들이고 싶다면 '무언가'를 그냥 해보기를 권합니다. 불현듯 어디론가 여행을 가고 싶다면 주저 말고 떠나세요. 원래 다니던 길 말고 다른 길로 다녀보고 싶다면 발걸음을 옮기세요. 아주 오랜만에 누군가의 얼굴이 떠올랐다면 용기내서 먼저 연락하세요. 그 한 번의 사소한 결정과 오묘한 만남은 삶에 새로운 색이 들어올 수 있도록 틈새를 열어줄 것입니다.

비혼주의자였던 이유
닭발에 소주를 좋아한 그녀

지금은 한 가정의 가장인 저는 사실 30대 초반까지는 비혼주의자였습니다. 엄밀히 말하면 '비자발적인 비혼주의자'였다 해야 할 것 같습니다. 결혼할 마음이 없어서가 아니라 모아놓은 돈도 없었고 미래가 불투명했기 때문이었습니다.

'내 몸 하나도 건사하기 어려운데 과연 결혼을 할 수 있을까?'라는 생각이 지배적이었습니다.

30대 초반의 제 상황은 매우 좋지 않았습니다. 31살에 미국 생활을 정리하고 한국에 돌아와 작은 가게를 운영 중이었지만 그것도 잘되지 않아 가게를 닫아야 하는 절망적 상황이었습니다. 가게를 닫으면 어떤 일을 하면서 먹고살아야 할지 고민하느라 밤잠을 설치던 시기였지요. 결혼은 고사하고 연애조차 사치라고 여겼던 시절이었습니다.

2012년 12월 24일, 크리스마스이브에도 상황은 같았습니다. 설렘

같은 것도 전혀 없었죠. 그런데 한 친구가 오랜만에 연락을 주었습니다. 미국에서 알고 지낸 친구였는데 한국에 돌아왔다며, 자신과 동갑인 여자 사촌의 생일 파티에 초대하고 싶으니 저녁에 압구정으로 오라 했습니다. 저는 술을 즐기지도 않는데다가 파티에 갈 기분은 더더욱 아니었기에 거절 의사를 밝히고 전화를 끊은 후 소파에 누웠습니다.

그렇게 한참을 누워 있다가 문득 이상한 감정에 휩싸였습니다. 그 파티에 꼭 가야겠다는 기분이 드는 것입니다. 일 끝내고 집에 온 지 얼마 되지 않아 피곤한 데다가 놀 기분이 전혀 아니었는데 왜 그런 감정이 들었는지 지금도 생각하면 신기합니다. 파티에 안 가면 후회하겠다는 묘한 직감이 들었습니다. 저는 친구에게 전화를 걸어가겠다고 말하고는 대충 챙겨 입고 파티 장소로 향했습니다. 크리스마스 분위기만이라도 느끼고 돌아오자는 마음으로요.

약속 장소에 도착하니 젊은 남녀들이 모여 있었는데, 그 가운데 있는 친구의 사촌이 눈에 금방 들어왔습니다. 그녀를 보는 순간 말로 설명하기 어려운 감정이 일었습니다. 어딘지 모르게 사람이 괜찮아 보였습니다. 괜스레 설레는 마음을 품은 채 여러 사람들과 대화를 나누고 있는데 어느 남자가 그녀에게 계속 말을 거는 모습이 자꾸 눈에 들어왔습니다.

그렇지만 그녀와 초면인 제가 그 남자에게 그러지 말라고 할 수는 없는 노릇이었습니다. 파티에 갈 때만 해도 금세 돌아올 생각이었는데 이러한 상황 덕분에 2차, 3차까지 계속 자리에 함께하게 되었습니다. 이 여성이 택시를 타고 집에 들어가는 모습을 봐야겠다는 심산이었죠. 새벽 4시쯤에서야 다들 헤어지는 분위기였습니다. 그런데 그 남자가 그녀에게 태워다주겠다며 나섰고, 저는 음주운전할 마음은 접으라고 강경하게 설득했습니다. 결국 저는 그녀를 포함한 모든 사람이 각자 택시를 타고 귀가하는 모습까지 다 지켜봤고 그 와중에 그녀와 명함을 교환하고 집으로 향했습니다.

그 만남 이후 저희는 자연스럽게 연락을 주고받다가 12월 31일 저녁 약속을 잡았습니다. 그녀의 첫인상은 매우 도도하고 화려했기에 고급 레스토랑을 어렵사리 예약했습니다. 그런 곳에서 식사를 대접해야 할 것 같았습니다. 그렇게 그녀 회사 근처 식당을 예약하고 막 퇴근한 그녀와 드디어 만났습니다. 그런데 제게 이렇게 말하는 게 아니겠어요.

"현규 씨, 저 지금 스테이크 말고 닭발에 소주가 당기는데, 닭발 먹으러 갈래요?"

의외의 소탈한 제안에 더욱 큰 매력을 느꼈고 호감이 커졌습니다. 저희는 예약을 취소하고 닭발을 먹으러 갔습니다. 세련된 정장을 입고 손에는 비닐장갑을 낀 모습이 어찌나 매력적이던지요. 야무지게 닭발을 발라먹는 모습뿐 아니라 대화 주제도 잘 맞았고 가치관도 비슷했습니다. 그때 본능적으로 생각했습니다.

'이 여자랑 결혼해야겠나!'

의외의 소탈한 제안에 더욱 큰 매력을 느꼈고 호감이 커졌습니다.

결혼을 이루어내다
교제 기간보다 중요한 것은 서로의 마음

이후 진지한 만남을 이어가던 저희는 자연스럽게 결혼에 대한 생각을 나누었습니다. 어느 시점이 되자 그녀는 결혼에 대한 제 생각을 직접적으로 물었습니다. 하지만 제 상황은 여전히 어려웠습니다. 결혼하고 싶은 마음은 굴뚝같았지만 현실적인 여력이 많이 부족하다는 사실이 마음에 걸렸습니다. 저는 솔직한 심정을 털어놨습니다.

"집안 사정이 여유가 없는 편이다. 지금 운영하는 가게는 정리가 불가피한 상황이다. 앞으로 무얼 해야 할지 명확하지 않다. 최소한의 수입이 보장된 다음에 결혼하고 싶다."

제 현실을 있는 그대로 솔직하게 전했습니다. 그래야 여자친구가 저와의 만남을 진지하게 고민할 수 있을 테니까요. 미래가 불투명한 남자글 인세까지고 민나딜라고 힐 수는 없다고 생각했습니다. 정말 어렵게 이야기를 꺼냈는데 여자친구는 씩 웃더니 이렇게 말했습니다.

"뭐야? 그거 때문이었어?"

그리고 이렇게 덧붙였습니다.

"돈은 우리가 앞으로 함께 모으면 되는 거지, 무슨 걱정이야."

이 말을 듣고 이 여자와 함께라면 세상 그 무엇도 두렵지 않겠다는 생각이 들었습니다. 반드시 결혼해야겠다고 다짐했지요. 나중에서야 아내도 저처럼 꽤 험난한 세월을 지나왔다는 것을 알았습니다. 겉으로 봤을 때는 유복한 가정에서 편하게 자랐을 줄 알았는데 아니었습니다. 양평에서 농사를 짓는 장인 장모님은 그리 여유롭지 못한 형편에서 자녀를 키우셨습니다. 아내는 서울에서 무일푼으로 시작해 억척스럽게 아르바이트하고 취업해서 독립한, 생활력 강한 사람이었습니다. 양가의 도움 없이 결혼해야 하는 상황임을 둘 다 받아들이기로 하자 오히려 마음이 편해졌습니다.

서로의 마음을 확인한 뒤로는 모든 것이 일사천리였지요. 만난 지 3개월 만에 양가 부모님께 인사를 드리러 갔습니다. 집이나 혼수, 결혼식 비용 모두 일체의 도움 없이 진행되었고 아내의 직장 근처의 작은 원룸에서 신혼살림을 시작했습니다.

결혼 후 가게를 정리하고 새로 시작한 일은 운 좋게도 이전보다 큰 수익을 가져다주었습니다. 아내도 결혼한 뒤로 계속 승진했습니다. 노력의 결실로 결혼 8년 만에 작은 집을 마련할 수 있었고 아들 준호와 천사 같은 딸 시아도 낳았습니다. 저희 부부의 가장 큰 자부심이자 자산은 양가의 도움 없이 우리 힘만으로 이렇게 잘 살아간다는 점인 것 같습니다.

언젠가 아내에게 물었습니다.

"처음 만났을 때 아무것도 가진 게 없는 사람의 무얼 보고 결혼을 결심했어?"

아내는 술 담배 안 하고 밖에서 노는 것도 좋아하지 않는 제가 가정적인 사람일 것 같아서라고 답했습니다. 또 가게를 운영하는 모습을 옆에서 보면서 나중에 무얼 해도 잘해낼 거라는 생각이 들었다면서요.

> 이 여자와 함께라면 세상 그 무엇도
> 두렵지 않겠다는 생각이 들었습니다.

인생을 바꾸는 '그냥 하기'의 힘
주저하면 제로, 불현듯 실천하면 플러스

매년 크리스마스 즈음이면 2012년의 그 파티 현장이 생생하게 기억납니다.

'그때 소파에서 몸을 일으키지 않았더라면.'

'파티에 가지 않았더라면.'

생각해봅니다. 정말 아찔한 가정이 아닐 수 없습니다. 그때 그저 소파에서 뒹굴거렸더라면 지금의 아내는 물론 소중한 준호와 시아도 제 곁에 없을 테니까요.

'그냥 한 번 가보자.'

마음먹고 몸을 움직였던 제 자신에게 고마운 마음마저 듭니다.

저는 유독 '그냥 하기'를 통해서 얻은 게 참 많습니다. LA에서 고급 스포츠카를 빌렸을 때도, 파티에 가기로 결심했을 때도, 작은 행동 덕에 인생의 물줄기가 크게 바뀐 일이 수도 없이 많습니다. 지금도 '그때 그걸 안 했더라면 어쩔 뻔했나' 싶었던 경험이 켜켜이 쌓여가고 있습니다.

누구라도 삶을 더 다채롭게 물들이고 싶다면 '무언가'를 그냥 해보기를 권합니다. 불현듯 어디론가 여행을 가고 싶다면 주저 말고 떠나세요. 원래 다니던 길 말고 다른 길로 다녀보고 싶다면 발걸음을 옮기세요. 아주 오랜만에 누군가의 얼굴이 떠올랐다면 용기 내어 먼저 연락하세요. 그 한 번의 사소한 결정과 오묘한 만남은 우리 삶에 새로운 색이 들어올 수 있도록 틈새를 열어줄 것입니다. 혹시 모르죠. 그 한 번의 결정으로 훗날 삶이 완전히 뒤바뀌었다고 고백할 날이 올지도요. 제가 아내를 만나 가정을 꾸리게 되었듯 말입니다.

> 누구라도 삶을 더 다채롭게 물들이고 싶다면 '무언가'를
> 그냥 해보기를 권합니다.

15

전화 한 통에 강원도 삼척으로 떠난 날

궁지에 몰려있다면, 오히려 자신 없는 일에 과감하게 도전하세요. 물론 그 선택이 반드시 좋은 길로 연결되리라는 보장은 누구도 할 수 없습니다. 다만, 그 과정을 통해서 누구도 흠집낼 수 없는 나만의 자신감을 되찾을 수 있습니다. 혹여 도전에 성공하지 못하더라도 그 과정에서 적지 않은 삶의 깨달음을 얻을 것이라고 믿어 의심치 않습니다.

갑자기 목수가 되다
인생에서 가장 힘들었던 시기

척박한 미국 땅에 발붙이고 적응하던 때는 육체적으로 매우 힘들었습니다. 그렇지만 그에 비할 수 없을 정도로 힘들었던 시기를 꼽자면 원룸에서 신혼 생활을 하던 때입니다. 작게 운영하던 가게는 장사가 안되어 닫아야 할 형편이었습니다. 그런데 딱 그 타이밍에 첫째 준호가 태어났지요. 아이가 태어났으니 아빠 노릇을 해야 하는데, 가게 문을 닫아야 하는 현실은 실로 암담했습니다. 지금에야 웃으며 이야기하지만 육체적, 정신적으로 엄청나게 고통스러운 시간이었습니다.

그때 저는 34살이었습니다. 지금 생각하면 어떤 새로운 일도 해낼 수 있는 나이입니다. 하지만 정작 34살의 저는 그렇게 생각할 수 없었습니다. 장사가 되지 않는 업장을 살리기 위해 노력해야 하는지, 끝내고 완전히 새로운 일을 개척해야 하는지 좀처럼 갈피를 잡을 수 없었습니다. 그 막막함과 두려움을 어떻게 이겨낼 수 있는지도 몰랐고요. 그러한 제 모습을 안타깝게 여긴 아내 덕분에 간신히 힘을 낼 수 있었습니다. 아내는 "우린 아직 젊고 당장은 내가 벌면 되니까 걱정하지 말고 도전하고 싶은 일에 도전해"라며 위로를 건넸습니다. 다시 시작할 용기를 낼 수 있었던 순간이었지요. 미국에서의 생활도, 돌아온 한국에서의 사업도 성과가 미미해 스스로 크게 위축되어 있었습니다. 게다가 아이가 태어났기에 가장으로서의 압박감도 엄청 났습니다.

그런데 인생은 참으로 오묘합니다. 이렇게 궁지에 몰리니까 오히려 '내가 정말 엄두도 내지 못할 일'에 도전하고 싶다는 마음이 생기는 것입니다. 정말 의아한 일이지만 죽었다 깨어나도 못할 일, 그리고 제 인생에서 영영 지워버린 선택지에서 새로 나아갈 직업을 찾았습니다.

그 직업은 목수였습니다. 저는 손재주가 없습니다. 이케아 제품이 유행해도 저희는 한번도 구매한 적이 없습니다. 설명서를 읽어도 완성도 있게 조립하지 못하기 때문입니다. 그 정도로 무언가를 만드는 실력과 손재주가 형편없습니다.

그런 저는 대체 무슨 생각으로 목수를 선택했을까요?

'이 늦은 나이에 재능 없는 목수 일을 배워서 돈을 벌게 된다면, 나는 앞으로 해내지 못할 일이 없겠다'는 느낌을 강하게 받았기 때문입니다. 궁지에 몰리니까 오히려 이렇게 패기 넘치는 생각을 한 것입니다. 그동안 살면서 '내가 잘할 수 있을 일'만 선택해 왔다면, '감히 엄두도 내지 못할 일'에 도전하기로 한 것이죠.

'나의 한계를 시험해보자!'

삶의 다른 선택들과 마찬가지로 목수 일을 하기로 한 선택은 제 인생의 물줄기를 바꾸어 놓았습니다. 제 운명이 가장 드라마틱하게 바뀐 선택이기도 합니다. 이 일에 도전하면서 저 자신이 얼마나 괜찮은 사람인지, 얼마나 특별한 존재인지 깨닫게 되었으니까요.

캐런 리날디의 《나는 파도에서 넘어지며 인생을 배웠다》(2020년)라는 책에는 이러한 구절이 나옵니다.

나는 행복은 못하는 일에 도전하는 데 있다고 생각한다.

물론 불편한 공간에 들어가는 것은 쉽지 않은 일이다.

우리를 매혹하는 무언가를 능숙하게 하지 못해서 생기는 좌절에 빠지면 누구나 고통스럽다.

그러나 불편함이란 삶에서 보면 지극히 미미한 부분에 불과하다.

그 불편함에는 좋은 것이 무수히 숨어 있다.

시작도 하기 전에 그만두는 것은 비극이다.

우리가 만족할 지점은 과정에 있다.

그동안 살면서 '내가 잘할 수 있을 일'만 선택해 왔다면 이제는 '감히 엄두도 내지 못할 일'에 도전해 보세요.

운명을 바꾼 전화 한 통
두드리면 배움의 기회가 온다

패기 넘치게 목수 일을 선택했으나 어떻게 해야 인테리어 현장을 만날 수 있는지 몰랐습니다. 현장이 있어야 일을 시작할 수 있으니 난감한 문제였죠. 나중에 안 사실이지만 목수를 시작하는 사람들은 대부분 이미 그 일을 하고 있는 지인들이 있었습니다. 저처럼 밑도 끝도 없이 목수 일을 시작하면 막막한 것이 당연했습니다. 지금은 구인 구직을 도와주는 사이트가 많아서 인테리어 현장을 찾기가 그리 어렵지 않지만 당시에는 그런 것들이 전무했습니다.

답답한 마음에 검색하다가 '인테리어 카페'를 알게 되었습니다. 어지간한 카페는 모두 가입하여 시공 현장을 구한다는 글을 남겼고, 목수 반장으로 보이는 사람들에게는 무작정 쪽지를 보냈습니다. 제 소개와 함께 일을 배울 수 있는지 물었지요. 거의 30통에 달하는 쪽지를 보냈지만 아무 답장도 받지 못했습니다.

'역시 무슨 일을 하든 연줄이 중요하구나.'

낙심하던 무렵, 쪽지를 보낸 사람들 중 한 명이 회신을 주었습니다.

강원도 삼척에서 전원주택을 짓던 분인데, 함께 일해보고 싶다며 삼척으로 올 수 있는지 물었습니다. 그 제안을 받자마자 앞뒤 잴 것 없이 무조건 가야겠다고 생각했습니다. 다음 기회는 없을 것 같았죠. 곧바로 답장했고 얼마 지나지 않아 삼척으로 달려갔습니다. 그분은 열정이 보인다며 초보인 저를 흔쾌히 받아주었습니다. 그렇게 목수 일을 배울 기회를 얻었습니다.

훗날 알고 보니 대한민국에서 몇 손가락 안에 꼽히는 기술자로 정평이 난 분이었습니다. 그때도 '그냥 하기의 힘'을 여실히 느낄 수 있었습니다. 목수 일과 어떤 관련도 없던 제가 고수에게 배울 수 있는 귀한 기회를 얻었으니까요.

그냥 도전하면 '그냥 하기의 힘'을 여실히 느낄 수 있습니다.

인생에서 가장 어렵고 힘든 목수 일
번개처럼 배우지 말고 '슬로우스타터'가 되자

만일 제 인생을 영화 〈트루먼쇼〉처럼 제작해서 전 세계에 생중계한다면? 다른 경험들이 방영되는 것은 그럭저럭 견딜 수 있는데, 처음 목수 일을 배우던 모습만큼은 절대로 보여줄 수 없을 것 같습니다.

처음 시작하는 일이니만큼 결코 쉽게 여기지 않았습니다. 마음을 단단히 먹고 임했지요. 그런데 제가 그렇게까지 어리바리하고 말귀도 못 알아듣는 줄은 정말 몰랐습니다. 팀 막내로 들어가서 만난 현장은 모델하우스였는데 그 첫날부터 제 선택을 후회하게 되었습니다. 목수 일을 시작하자마자 집에 가고 싶어졌습니다. 모두 일사불란하게 움직이면서 정교하게 나무를 재단하고 무언가를 뚝딱뚝딱 만들어 냈습니다. 그 모습을 보면서 깊이 감탄하는 한편 자괴감에 빠졌습니다.

'아, 이건 내가 도저히 할 수 없는 일이다.'

베테랑인 그들처럼 일하는 제 모습을 전혀 그릴 수 없었습니다. 하지만 역설적으로 그만큼 말도 안 되게 어려워 보였기 때문에 제대로 부딪히며 배우고 싶은 마음도 동시에 생겨났습니다.

많은 남자들이 인생에서 가장 큰 굴욕의 시기를 꼽으라면 이등병 때를 말할 것입니다. 저는 군대에서도 행동이 빠릿빠릿한 편이었고 맡은 일을 곧잘 해냈습니다. 그러나 이 현장에서는 반장과 선배들에게 매일 깨졌습니다. 습관적으로 무시당하고 심지어 갈굼까지 당했습니다. 팀에 들어간 지 3개월 지났을까, 한 선배가 저를 불러 이렇게 말했습니다.

"현규야, 내 보기에는 너는 목수 일에 전혀 재능이 없는 것 같다. 다른 일을 알아보는 건 어떻겠니?"

차라리 그가 욕을 하거나 소리치며 책망했다면 충격이 덜했을 것 같습니다. 진지하게 진심으로 그만두라고 권하니까 제가 정말 가망 없는 사람이라는 생각이 저절로 들었습니다. 게다가 20대 초중반부터 일을 시작했던 또래 목수들하고의 압도적 실력 차이에도 기가 죽었습니다. 하지만 예전 음악을 포기하던 때와는 마음가짐이 많이 달랐습니다. 선배들에게 깨지고 무시당해도 희한하게 기분은 전혀 나쁘지 않았어요. 갈굼당하고 모욕적인 말을 듣는다면 일 자체가 싫어질 법도 한데 일이 너무 재미있었습니다. 무척 어렵고 앞길이 막막한데도 일할 때만큼은 온몸의 세포 하나하나가 꿈틀거리는 느낌이었습니다.

잘하지 않는 일이기에 어느 때보다 높은 집중력을 발휘했습니다.

계속 긴장 상태로 끊임없이 생각하고 고민하며 일했습니다. 덕분에 뇌의 신경세포와 몸의 신경세포가 온전히 깨어나 몰입한다는 느낌을 강렬하게 받았습니다. 생전 처음 느껴본 몰입감이었습니다.

이전에 실패를 겪었을 때는 '난 최선을 다했지만 운이 따라주지 않았어'라며 스스로 위로하고는 했습니다. 그러나 목수 일을 하면서부터는 생각이 완전히 바뀌었습니다. 그동안 '열심히' 한다고는 했지만 이 정도로 깊이 몰입한 적은 없었기 때문입니다. 손과 머리와 마음이 그야말로 한 박자로 움직이면서 '목수 일'이 무엇인지 깊이 체감할 수 있었습니다. 실로 놀라운 경험이었습니다.

심각한 몸치에다가 바다를 무서워하던 작가 캐런 리날디는 17년 동안 서핑에 도전하고 인생의 깨달음을 얻었다 합니다. 그와 마찬가지로 저 또한 제 도전이 도저히 할 수 없는 일이라 여겼습니다. 그러나 장벽이 거대할수록 그 경험은 우리에게 값진 것을 되돌려줍니다.

저는 목수 일을 배우면서 매번 고꾸라지고 헤맸습니다. 숱하게 무너졌으나 몰입의 즐거움을 지속적으로 느끼며 진실한 열정으로 배워나갔습니다. 배움의 속도는 무척 더뎠지만 1년이 지나고 2년 차가 되어갈 무렵 의외로 제가 목수 일에 재능이 있다는 사실을 알게 되었습니다. 아니, 처음부터 재능이 있었던 것이 아니라 꾸준히 성장해나간 게 아닐까 싶습니다.

2년 차가 지난 어느 날, 목수 반장님은 저를 가리켜 '슬로우스타터 (slow starter)'라 했습니다. 처음에는 뜸을 들이는 시간이 길지만 나중에 일취월장하는 사람을 뜻하는 표현이었죠. 3년쯤 지나니 저 혼자 웬만한 현장을 커버할 수 있게 되었습니다. 또한 이전에 했던 그 어떤 일보다도 큰 수익을 안겨주었습니다. 이제는 주변에서 목수 일을 지망하며 제게 조언을 구하는 사람도 생겨났고, 현장에 연결해주는 역할까지 하게 되었습니다.

2020년에 둘째가 태어나고 코로나19가 겹치며 일을 잠시 쉬고 있지만 언제라도 현장으로 돌아갈 수 있다는 자신감이 가득합니다. 도저히 넘을 수 없는 파도라고 여겼던 목수 일을 잘하게 되니까 어떤 상황에서도 자신감이 꺾이는 일이 없어졌습니다.

목수 일을 잠시 내려놓고 아이 둘을 돌보다가 시작한 유튜브도 마찬가지입니다. 목수 일을 할 때처럼 온몸으로 집중한다면 유튜브도 잘할 수 있으리라 생각했습니다. 아직도 갈 길이 멀지만 제 채널은 어느덧 구독자 20만 명이 훌쩍 넘는 채널로 성장할 수 있었습니다.

혹시라도 하는 일마다 실패를 거듭하는 사람이 있다면 꼭 말해주고 싶습니다. 궁지에 몰려있다면 오히려 자신 없는 일에 과감하게 도전하세요. 물론 그 선택이 반드시 좋은 길로 연결되리라는 보장은 누구도 할 수 없습니다. 다만 그 과정을 통해 누구도 흠집낼 수 없는 나만의 자신감을 되찾을 수 있습니다. 혹여 도전에 성공하지 못하더라도 그 과정에서 적지 않은 삶의 깨달음을 얻을 것이라고 믿어 의심치 않습니다.

장벽이 거대할수록 그 경험은 우리에게 값진 것을 되돌려줍니다.
궁지에 몰려있다면 오히려 자신 없는 일에 과감하게 도전하세요.

새벽에 유튜브를 그냥 시작하고 바뀐 삶
코로나19가 바꾼 뜻밖의 삶

코로나19 이후로 우리는 완전히 다른 세상에 살게 된 듯합니다. 무엇보다도 많은 사람들이 생존을 고민할 만큼 극심한 경제적 피해를 받았습니다. 저희 가정도 코로나19의 타격을 피하지 못했습니다. 아내가 운영하는 뷰티 학원이 직격탄을 맞은 것입니다. 자연스레 학원 등록생이 급감했고 환불 요청까지 줄을 잇다 보니 난감했습니다. 그런 의미에서 2년 전에 유튜브를 시작한 것은 신의 한 수였다고 생각합니다.

사실 코로나19 이전부터 변화에 대한 이야기는 많이 나왔습니다. 'AI 시대'가 온다든지 '디지털 전환'을 해야 한다든지 말이지요. 무엇보다 "평생직장이 사라진다"는 예측은 먼 미래의 일이라고만 생각했는데 이미 그런 시대가 우리 곁에 왔습니다.

제가 어렸을 때만 해도 좋은 대학을 졸업하고 회사에 취직하면 다 이루었다고 말하는 사람들이 많았습니다. 사회 분위기가 그랬습니다.

하지만 이러한 발상은 이미 낡은 사고방식이 되었습니다. 이제 누구도 청춘을 바쳐 회사에 충성해야 한다고 생각하지 않습니다. 40대 중후반에 잘 다니던 회사로부터 갑작스레 해고 통보를 받는 일도 더는 놀랍지 않습니다. 그러나 아무 준비도 없이 퇴직하게 된 직장인들의 박탈감은 이루 말할 수 없이 큽니다.

안 그래도 평생직장이 사라지고 있는데 팬데믹 현상은 이에 기름을 부었습니다. 한 지인은 방송국의 외주를 받아 영상 제작 일을 했는데 어느 날 수입이 0이 되었습니다. 여행사에서 외국여행 패키지 상품을 기획하는 동생은 회사를 나와야 했습니다. 연예인 홍석천 씨는 이태원의 레스토랑을 모두 정리한다는 기사까지 나오더라고요. 한번도 겪어보지 못한 일들이 계속 벌어지고 있습니다.

평생직장 시대의 종말과 코로나19의 여파로 이전의 삶으로 돌아갈 수 없다는 이야기가 많이 나옵니다. 그래서인지 스마트스토어를 운영해야 한다거나, 1인 창업을 해야 한다고 말하는 사람들이 부쩍 늘었습니다. 급변하는 시대에 발맞추어 변화를 꾀해야겠는데, 무엇을 어디서부터 시작해야 할지 막막한 사람들이 점점 늘어가고 있습니다. '유튜브'는 이 모든 막막함과 의구심을 해결한 좋은 대안입니다. 2년 넘는 시간 동안 유튜브 채널을 성장시켜 보니 전에는 보이지 않던 것들이 보이기 시작했습니다.

세가 시른 중민에 묵수 일을 선택했던 이유는 어려운 일에 도전한다는 면도 있었지만, 체력만 허락한다면 60~70대가 되어서도 계속 일할 수 있으리라 생각해서입니다. 기술을 충분히 연마한다면 훗날 외국에 가서도 일할 수 있습니다. 실제로 경력을 잘 쌓으면 웬만한 대기업 연봉 수준으로 벌 수 있는 직업입니다. 그런데 사실 저는 '정말 내가 60이 넘어도 목수로 일할 수 있을까?' 하는 우려를 지우지는 못했습니다.

평생직장 시대의 종말과 코로나19의 여파로 우리는
이전의 삶으로 돌아갈 수 없습니다.

전업주부 그리고 또 다른 인생
25,000원으로 할 수 있는 기막힌 일

목수 일을 열심히 하던 시절, 저희에게 둘째가 선물처럼 찾아왔습니다. 첫째만 있을 때는 아이를 어린이집 종일반에 맡기면 맞벌이가 가능했습니다. 그런데 둘째가 태어나니 둘 중 한 명은 불가피하게 일을 쉬고 집에 있어야만 했습니다. 아내와 긴 상의 끝에 제가 일을 쉬기로 결정했습니다. 그렇게 저는 집에서 아이 둘을 돌보게 되었습니다.

주부들은 공감하겠지만 하루 종일 아이들만 돌보면 우울할 때가 있습니다. 외부와 단절된 채 오랜 시간을 지내면 우울해지는 것은 당연합니다. 수면 시간의 양과 질이 줄고, 사회 활동도 눈에 띄게 줄어드니 예민해질 수밖에 없습니다. 물론 아이들이 자라는 모습을 곁에서 생생하게 지켜보는 것은 말로 다할 수 없는 기쁨과 행복입니다. 하지만 매일 힘들게 밖에서 일하며 돈을 벌어오는 아내를 보면 미안한 마음이었습니다. 집안일을 하면서 조금이라도 할 수 있는 일은 없는지, 오랫동안 고심했습니다.

그 끝에 '유튜브'를 떠올렸습니다. 유튜브에 대해 아는 것은 적었지만 가장 먼저 무엇을 해야 할지는 알고 있었습니다. 도전하기로 결심한 즉시 인터넷으로 5,000원짜리 삼각대와 15,000원짜리 핀마이크를 구매했지요. 영상 편집은 전혀 할 줄 모르니 가장 쉽게 익힐 수 있다는 '곰 믹스 프로'를 5,000원으로 영구 결제했습니다. 총 25,000원을 투자한 셈입니다. 제가 사용하는 스마트폰으로 촬영도 가능할 것 같았습니다. 그렇게 약간의 투자와 작은 결심으로 유튜브를 시작했습니다.

처음에는 거창한 목표를 세우지 않았습니다. 그저 뭐라도 하지 않으면 안 되겠다는 조바심이 컸어요. 누군가와 대화를 나눈 지도 오래되어 답답한 마음도 한몫했지요. 만날 사람이 없으니 스마트폰을 바라보며 하고 싶은 이야기를 하자는 생각이었습니다. 운이 좋아서 한 달에 20, 30만 원 정도의 수입이 생긴다면 아이 기저귀나 분유값을 하자고 생각했습니다.

그렇게 유튜브를 시작했습니다. 그동안 살면서 제가 경험하며 느끼고 배운 것들을 스마트폰 앞에서 담담하게 이야기했습니다. 답답한 마음에 시작했던 채널은 감사하게도 20만 명 이상의 구독자들이 함께해줍니다. 유튜브 세상도 레드오션이라고들 하지만 저는 여전히 매력적인 플랫폼이라 생각합니다. 특히 지금 같은 시대에는 더욱 그렇습니다.

유튜브 세상도 레드오션이라고 하지만 여전히 매력적인 플랫폼입니다. 특히 지금 같은 시대에는 더욱 그렇습니다.

나만의 이야기를 세상에 알리다
그냥 시작한 유튜브로 뒤바뀐 인생!

코로나19가 남긴 하나의 키워드를 꼽는다면 '언택트(untact, 비대면)'가 아닐까요. 'un'과 'contact'의 합성어 '언택트'는 이제 새로운 표준으로 자리매김했습니다. "직접 대면하지 않는다"는 의미처럼 앞으로는 비대면 서비스를 제대로 이해하고 활용해야만 생존할 수 있다는 전망이 많이 나옵니다.

아주 작은 규모의 오프라인 점포를 낸다 해도 점포 임대료, 관리비, 제품 사입비, 재료비 등등 모든 곳에 돈이 듭니다. 그래서 많은 사람들이 초기 자본금이 적은 '1인 창업'으로 눈을 돌리지요. 오프라인 점포에 제품을 쌓아놓고 판매하는 것이 아니라 자신이 보유한 경험과 지식을 판매하는 것입니다. 이는 물론 '언택트'라는 흐름 덕분에 가능한 일입니다.

나만의 이야기를 세상에 알리고 많은 사람들이 나를 찾게 만들어 수익으로 연결되는 것, 이를 가능하게 하는 핵심 요소는 '플랫폼'입니다. 누군가 자신만의 제품을 판매하고 홍보하려면 우선 자신의 존재를 세상에 알려야 합니다. 옷가게를 열었다면, 인터넷에 검색했을 때 옷가게가 나와야 합니다. 처음부터 밑도 끝도 없이 제품만 홍보하면 안 됩니다. 돈 밝히는 장사꾼 이미지를 주지 말고, 대중에게 '나'라는 사람에 대한 인간적 관심이 생기도록 해야 합니다. 제품 홍보보다 자신을 세상에 먼저 알리는 것이 오히려 잠재 고객들에게 쉽고 빠르게 다가가는 지름길입니다.

유튜브는 이 모든 것을 가능하게 해주는 플랫폼입니다. 저는 몇 년째 육아로 인해 집 밖에 나가지 못하고 있습니다. 더군다나 코로나19까지 터지는 바람에 그나마 만나던 친구들과도 왕래가 줄어들었습니다. 2년 동안 반강제로 언택트 생활을 한 것입니다. 공교롭게도 이 기간에 유튜브 채널을 운영하게 되었는데, 그러면서 제게 어떤 일이 생겼을까요?

가장 먼저, 사회와 단절된 제게 단비처럼 많은 연락이 오기 시작했습니다. 오랫동안 뜸했던 동창들의 연락에 저는 들뜬 마음이었습니다. 이렇게 사회적 관계를 회복하려 유튜브를 시작했으니까요. 많은 사람들이 궁금해하는 수익은, 현재 기본 유튜브의 자체 광고 수입만으로 웬만한 직장인 월급 이상이 들어오고 있습니다. 액수 자체가 엄청나게 크진 않지만 코로나19로 저희 가정에 경제 위기가 찾아왔기 때문에 개인적으로는 정말 큰 의미가 있는 부분입니다.

그밖에도 다양한 업무 제안과 요청이 끊이지 않는 편입니다. 어느 회사에서 직장 생활 관련 강의를 제게 요청했습니다. 도청, 시청, 시니어모델협회 등 다양한 기관에서 유튜브 크리에이터 관련 강의를 해달라고 요청했습니다. 어느 단체에서 기획 중인 인터넷 방송국의 PD 역할을 맡아달라는 귀한 제안도 받았습니다. 인지도 높은 플랫폼인 '클래스 101'에서도 강연을 만들자는 제안이 왔습니다. 〈SBS 스페셜〉, 〈금쪽같은 내 새끼〉의 출연 제의를 받기도 했습니다. PPL 문의, 다른 유튜버들의 콜라보 영상 문의도 꾸준히 들어오는 편입니다.

무엇보다도 개인적으로 값진 것은 책을 내보자는 출판사의 제안이었습니다. 제 영상 콘텐츠를 꼼꼼히 살펴보고 독자들에게도 도움이 될 내용이 많다고 말해주었죠. 그 덕분에 독자 여러분들을 만날 수 있게 되었습니다. 책이 나오기까지는 생각보다 많은 시간이 걸렸지만 원고 작업을 시작한 시점은 1년 전으로 거슬러 올라갑니다.

이 모든 일이 제가 집 밖으로 나가지 못하는 상황에서 2년 동안 유튜브에 매진한 결과입니다. 유튜브를 하지 않았더라면 제게 일어나지 않았을 일들이죠. 저 같은 평범한 개인 유튜버에게조차도 이 정도로 많은 연락과 제안이 온다는 점을 꼭 말하고 싶습니다.

이렇게 가정해 볼까요? 만일 제가 카페 사장이었다면 저를 보러 와주는 구독자들이 있을 테니 자연스럽게 카페가 홍보되었겠지요. 제가 인터넷 쇼핑몰을 운영했더라면 매출에 조금이라도 도움이 되었을 것입니다. 실제로 '인테리어를 할 때 호구 당하지 않는 방법'이라는 영상을 올리자 조회 수가 70만을 넘으면서 수많은 공사 제안 이메일을 받았습니다. 목수 일을 쉬고 있지 않았더라면 제게 무척 큰 도움이 됐을 것입니다.

당신이 어느 분야에서 일하든 유튜브는 날개가 되어줄 수 있습니다. 구독자가 차츰 늘어간다면 그 채널은 당신만의 훌륭한 명함이자 이력서가 될 것입니다.

어느 분야에서 일하든 유튜브는 날개가 되어줄 수 있습니다.
구독자가 차츰 늘어간다면 그 채널은
당신만의 훌륭한 명함이자 이력서가 될 것입니다.

망설이면 벌써 내일이 된다
레드오션과 블루오션 사이에서

저는 만나는 사람들에게 유튜브를 해보라고 권합니다. 대부분은 이미 유튜브를 하려는 마음을 갖고 있더라고요. 그런데 막상 엄두를 내지는 못합니다.

"내가 무슨 유튜브를 하겠나."

"누가 내 얘기를 듣겠나."

"나는 편집할 줄 모른다."

자신의 잠재력과 재능을 과소평가하는 사람들이 참 많습니다.

콘텐츠가 없다고 고민할 필요는 없습니다. 자신만의 이야기를 어떻게 전달할지만 고민하면 되는 문제입니다. 누구나 살면서 쌓아온 자기만의 이야기가 있습니다. 사랑에 실패했든, 사업에 실패했든, 그 모든 이야기가 좋은 콘텐츠입니다. 살면서 만난 다양한 순간들을 되짚어 보세요. 화났던 일, 행복했던 일, 감동적이었던 일 등을 꺼내 마주해보면 분명 나눌 이야기가 있습니다. 당신 안에는 스토리텔링할 수 있는 것들이 무궁무진합니다. 아직 꺼내어지지 않았을 뿐입니다.

제 채널의 영상을 한번 살펴보세요. 특별할 게 없습니다. 그저 제가 40년 동안 살면서 느끼고 깨닫고 후회하고 반성한 이야기를 꺼내놓았을 뿐입니다. 이를 삼성 노트9 스마트폰과 15,000원짜리 핀마이크로 전달하는 게 다입니다. 그런데도 20만 명의 구독자들이 들어주고 있습니다. 저처럼 밖에 나가지 못하고 하루 종일 육아에 매진하는 40대 아저씨도 유튜브를 합니다. 저보다 자유로운 상황이라면 못할 이유가 전혀 없습니다. 20대로 돌아갔는데 유튜브가 존재하는 시대라면 저는 무조건 유튜브를 했을 것입니다.

물론 유튜브를 시작한다 해서 누구나 잘된다는 보장은 없습니다. 하지만 그렇게 따진다면 세상에 할 수 있는 일이 얼마나 있을까요? 세상에 존재하는 수많은 일들 가운데 유튜브는 비교적 노력에 대한 보상이 확실한 편이라고 생각합니다. 누구나 꾸준히 열심히만 한다면 어느 정도는 채널을 성장시킬 수 있습니다.

많은 사람들이 유튜브가 레드오션이라 하지만 주위를 둘러보세요. 실제로 유튜브하는 사람들이 많나요? 유튜브하는 사람은 여전히 소수입니다. 저는 아직도 충분히 블루오션이라 생각합니다. 미술을 전공하고 있다면 그림 그리는 과정을 유튜브에 올려보세요. 연극영화과 학생이라면 친구들끼리 꽁트를 만들어 연기하는 모습을 올려보세요. 기계 고치는 걸 좋아한다면 그 과정을 올려보고요.

그 작은 시도로 인해 당신의 인생이 획기적으로 바뀔지 모릅니다. 구독자가 많은 유튜버라 해서 대단하고 특별한 사람은 아닙니다. 단지 당신보다 먼저 유튜브의 힘을 이해하고 재빠르게 움직였을 뿐입니다. 물론 처음에는 조회 수도 안 나오고 구독자도 늘지 않겠지요. 그렇지만 성실하게 하나씩 만들어서 올려보세요. 어떤 일이 일어날지 누구도 알 수 없습니다.

저는 아이들이 어느 정도 자라서 개인 시간을 좀 더 확보하면 새로운 콘텐츠도 다양하게 시도하려 합니다. 주짓수와 격투기를 좋아하므로 운동 콘텐츠도 꼭 만들려고요. 사진을 전공했으니 사진 강의도 찍어보고 싶습니다. 미국에서 DJ를 했던 경험을 살려 음악 믹싱 관련 콘텐츠도 만들 계획입니다. 초보 목수를 위한 인테리어 목공 강좌도 가능하지 않을까요? 저는 결코 대단한 사람이 아니지만 이렇듯 제 삶에 녹아 있는 작은 경험들을 펼쳐낸다면 할 수 있는 것이 무궁무진하게 많아집니다. 오늘날 유튜브를 통해 제 삶의 비전을 차츰 실현할 수 있었던 이유는 그저 한 번의 영상을 찍고 업로드했기 때문입니다. 유튜브는 구글이 제공하는 1인 방송국입니다. 규모가 '1인'일 뿐 방송국이 하는 일과 다르지 않습니다. 하는 일은 같지만 우리는 임대료도, 관리비도, 인건비도 들지 않는 공짜 방송국을 가진 셈이죠. 그렇게 만들어서 전 세계에 송출할 수 있고, 광고 수익도 얻습니다.

그런 의미에서 혹여 실패하더라도 충분히 도전할 가치가 있는 일입니다. 제가 믿고 있는 '그냥 하기의 힘'을 당신도 느껴보면 좋겠습니다. 우선은 유튜브 채널을 개설하고 양질의 콘텐츠를 꾸준히 올려보세요. 1년 뒤, 3년 뒤에는 지금과는 전혀 다른 모습의 자신을 발견할 수 있으리라 확신합니다. 당신의 내일은 당신이 만듭니다.

무엇이든 그냥 한다면 1년 뒤, 3년 뒤에는
지금과는 전혀 다른 자신을 발견할 수 있습니다.
당신의 내일은 당신이 만듭니다.

당신의 내일을 응원합니다

〈감성대디〉 채널의 구독자분들이 제게 많이 하는 질문이 있습니다.

"대디님은 워낙 다양한 경험을 하셨으니 그런 콘텐츠도 만들 수 있는 거 아닌가요?"

저는 그렇게 생각하지 않아요. 세상 누구에게나 이야기할 수 있는 콘텐츠는 무궁무진합니다. 사람의 인생은 다~ 다르고 보고 듣고 경험하고 느끼는 것도 다~ 다르니까요.

똑같은 풍경을 바라봐도 100명이면 100명 다 느끼는 점이 다릅니다. 하물며 한 인간의 인생은 말할 것도 없지요. 못 느끼셔서 그렇지 당신에게는 이미 책 한 권을 쓰고도 남을 이야깃거리가 넘치고 넘칠 것입니다. 단지 끄집어내지 않았을 뿐입니다.

저 또한 유튜브를 시작할 때 매주 어떤 이야기를 해야 할지 고민하면서 과거의 일들을 떠올렸어요. 그랬더니 이렇게 책으로 엮을 수 있을 정도로 방대한 분량이 나오더군요. 유튜브를 시작하지 않았더라면 나 자신에게서, 내 삶에서 꺼낼 수 있는 이야기가 이렇게 많다는 사실을 몰랐을 것입니다.

사람은 누구에게나 다 배울 점이 있습니다. 좋은 사람에게는 그의 좋은 점을 취하고, 좋지 않은 사람에게는 그 사람을 반면교사 삼아 자신을 반추하여 반성하고 깨달음을 얻을 수 있습니다. 우리 개개인은 분명히 누군가에게 도움이 되고 심지어 누군가의 인생을 바꿀 수 있는 이야기를 지닌 귀한 존재입니다.

저의 이야기 또한 누군가에게 도움이 되고 배울 점을 하나라도 줄 수 있다면 더는 바랄 게 없습니다. 코로나19로 인해, 너무 빠른 시대적 변화로 인해, 여러 가지 이유 때문에 지금 몸과 마음이 지치고 자존감과 자신감이 많이 떨어진 사람들이 제 이야기를 듣고 조금이나마 힘을 내면 좋겠습니다.

뭐든지 그냥 한번 시작해보세요. '그냥 하기'는 생각보다 인생에서 정말 큰 힘을 발휘합니다. 다른 건 몰라도 그냥 하기의 힘 하나는 제 삶을 통해 증명할 수 있습니다. 저를 한번 믿고 그냥 한번 해보세요. 안 하는 것보다는 하는 것이 항상 낫습니다. 인생은 어디로 흘러갈지 모릅니다. 생각보다 꽤 좋은 곳으로 데려다줄 수도 있어요.

당신의 내일을 응원합니다.
진정 감사합니다.

지금까지 잘해왔으니,
하고 싶은 대로 살아보겠습니다

1판 1쇄 발행 2022년 07월 10일
1판 3쇄 발행 2022년 07월 20일

지은이 성현규(유튜버 감성대디)
펴낸이 박현

펴낸곳 트러스트북스
등록번호 제2014-000225호
등록일자 2013년 12월 3일
주소 서울시 마포구 성미산로1길 5 백옥빌딩 202호
전화 (02) 322-3409
팩스 (02) 6933-6505
이메일 trustbooks@naver.com

값 16,000원
ISBN 979-11-92218-49-6(03810)

믿고 보는 책, 트러스트북스는 독자 여러분의 의견을 소중히 여기며,
출판에 뜻이 있는 분들의 원고를 기다리고 있습니다.